Dreizehn Mythen
Dreizehn Verbrechen

Ostfriesland Verlag – SKN

Dreizehn Mythen – Dreizehn Verbrechen

Hans-Erich Viet, Usch Luhn, Kai Kurgan,
Jutta Oltmanns, Anna Sophie Pijl, Frank Jakobs, Anja Reuter
Lübbert R. Haneborger und Silke Arends

Das Buch erscheint in der Edition Ostfriesland Magazin,
herausgegeben von Silke Arends und Lübbert R. Haneborger

1. Auflage 2019
ISBN 978-3-944841-55-7

Bibliografische Information der Deutschen Nationalbibliothek:
Die Deutsche Nationalbibliothek verzeichnet diese Publikation in der Deutschen Nationalbibliografie; detaillierte bibliografische Daten sind im Internet über http://dnb.dnb.de abrufbar.

Verlagsanschrift:
Stellmacherstraße 14, 26506 Norden
Internet: www.skn.info, E-Mail: verlag@skn.info

Korrektorat: Annette Freese
Umschlaggestaltung / Layout: Wiebke Rocker
Konzept: Silke Arends / Lübbert R. Haneborger
Produktion: Silke Arends
Sagen-Porträts: Silke Arends

Bildbearbeitung: Heiko Claassen
Grundschrift: Caslon Regular

Druck und Gesamtherstellung:
Druckerei Sollermann GmbH, Am Emsdeich 23, 26789 Leer / Printed in Germany

Fotos: Ostfriesland Bild – SKN Druck und Verlag GmbH & Co. KG
(S. 18, 52, 64, 83, 87, 94, 97, 106, 107, 109, 111, 121, 123, 130, 133, 144, 147, 148, 180, 193, 195)
Silke Arends (Titel, S. 4, 9, 21, 22, 32, 35 [2], 36, 46, 49, 51, 99, 135, 163, 198)
Anna Sophie Pijl (S. 158, 159, 177)
Ostfriesisches Landesmuseum Emden (S. 68, 118, 161)
Heimatverein Leer e.V., Stadt Leer (S. 65, 67)
Gemälde-Abbildung: Anselm Schönfeld (S. 85); Internet (S. 179)
Autorenfotos (S. 196–198): Silke Arends, Bianca Ites-Buck, Privat,
Maria Dittrich, Hans-Erich Viet, Ilka Perk, Ewout Pijl, Privat, Silke Arends

Hans-Erich Viet, Usch Luhn, Kai Kurgan,
Jutta Oltmanns, Anna Sophie Pijl, Frank Jakobs,
Anja Reuter, Lübbert R. Haneborger und Silke Arends

Dreizehn Mythen
Dreizehn Verbrechen

Mit sagenhaften Erzählungen
von der ostfriesischen Küste

Edition **OSTFRIESLAND MAGAZIN** | Premium

Sagenhaftes aus Ostfriesland

Es gibt Dinge, die sind unglaublich hartnäckig. Der Rotweinfleck auf der weißen Lieblingsbluse, zum Beispiel. Oder das Gerücht, dass irgendwo irgendetwas nicht mit rechten Dingen zugehen soll. Wenn man mit der Familie durch den Ihlower Wald Richtung Klosterstätte spaziert und beiläufig erzählt, dass es dort einen Tümpel gibt, an dem einst ein Abt einen Mönch gemeuchelt haben und an jener Stelle seither immer mal wieder ein Irrlicht erscheinen soll, hat man die Aufmerksamkeit im Nu auf seiner Seite. Dann heißt das Ziel plötzlich Tümpel und (!) Kloster. Und dann erscheint Geschichte doppelt spannend. Die Sage vom „Irrlicht" ist eine von vielen, die sich hierzulande zugetragen haben soll. So wie es viele Plätze gibt, an denen sich Sagenhaftes ereignet haben soll. Davon erzählte man sich früher an Winterabenden am wärmenden Ofen und gab das Gehörte von Generation zu Generation weiter – durchaus mit weiteren schaurigen Details ausgeschmückt. Hier wie dort geistern deshalb Untote oder Weiße Frauen umher und oft ist der Teufel im Spiel. Oder es raunen unstillbare Rachegelüste durch die Jahrhunderte.

Wenn Sie uns fragen, so ist bei allem Aberglauben immer ein Quäntchen Wahrheit drin, in diesen Überlieferungen. Und sie bewahren ein Stück Lokalkolorit. Voltaire hat gesagt: „Die Mythologie ist die erstgeborene Schwester der Geschichtskunde." Deshalb widmen wir uns in dieser Krimi-Anthologie sage und schreibe 13 mythischen wie mystischen Orten in Ostfriesland – und laden Sie zu einer Zeitreise ein. Sie bekommen Einblicke in die ostfriesische Kulturgeschichte und werden Unglaubliches erfahren. Und sie werden es hoffentlich weitergeben. So bleibt Geschichte sagenhaft. Und hält sich hartnäckig – allen Gerüchten zum Trotz!

Silke Arends und Lübbert R. Haneborger

Inhaltsverzeichnis

Dies sind Kriminalgeschichten, nicht mehr und nicht weniger.
Nicht alle Personen und Handlungen sind frei erfunden.
Die Kulissen ähneln der Realität. Und bleiben doch Kulissen.

Sagenhafter Ort: Torum

Kai Kurgan

Nach uns die Flut

Der Himmel ist in Aufruhr.

Das ist mein erster Gedanke, als mein Blick auf den Horizont fällt. Der Sturm ist stärker geworden, und ein Unwetter zieht vom Dollart auf. Genau wie sie es gesagt haben. Aber das kann alles Zufall sein.

Wir wollten das Feld für den Herbstweizen bestellen, doch es macht keinen Sinn. Der Acker ist ein einziger Sumpf, das Wasser steht uns stellenweise bis zu den Knöcheln. Wir müssen warten, bis es wieder trocken ist.

Ich wende mich zum Gehen und rufe meinen Ältesten. Doch Lorenz steht wie angewurzelt da und starrt auf den dunklen Wolkenvorhang, der den Himmel langsam verschließt. Ich stelle mich neben ihn, und wir betrachten gemeinsam schweigend das faszinierende wie schaurige Schauspiel.

„Es ist Zeit zu gehen", sage ich nach einer Weile. Lorenz nickt stumm und folgt mir.

Wir stapfen über den matschigen Boden zu dem Weg, der zum Hof zurückführt. In den Pfützen schlagen erste Tropfen Kreise. Dann prasselt ein kalter Schauer hernieder – Hagel. Die weißen Körner tanzen auf dem schwarzen Acker. Schon bald sind unsere Gesichter klatschnass, und es fühlt sich an, als ob sich winzig kleine Pfeile in die Haut bohren. Der Blick verschwimmt, die Stirn ist ganz klamm. Wir laufen schneller. Die Stiefel schmatzen.

„Vater! Lorenz!" – eine dünne Stimme dringt durch den Wind und den rasselnden Hagel zu uns herüber. Ich sehe verschwommen eine Gestalt. Es ist Mine. Meine Tochter. Sie läuft uns auf dem Ackerweg entgegen und winkt aufgeregt. Mine wird nächstes Jahr vierzehn. Sie ist groß und schlank wie ihre Mutter und sie hat die gleichen braunen Locken wie sie. Nun kleben sie an ihrem Kopf.

„Mine, mein Kind. Was ist?" Ich keuche vor Anstrengung nach dem Lauf.

„Das Abendbrot ist fertig. Mutter wartet auf Euch." Ihre Stimme zittert vor Kälte. Sie zieht die Kapuze ihres Mantels ins Gesicht und schlägt die Arme um sich.

Ich bin verwirrt. „Aber ist es denn schon fünf? Ich habe die Glocken gar nicht gehört!"

Mine schlägt die Augen nieder. „Die Glocken haben nicht geschlagen. Schon seit zwei Stunden nicht mehr."

Ich schaue hinüber zu unserer Stadt. Torum. Die Perle am Dollart ...

Der hohe Glockenturm der Kirche sticht zwischen den Häusern hervor. Wie ein mahnender Zeigefinger. Noch vor wenigen Tagen saßen wir als Familie in dem Gotteshaus, haben gebetet, gesungen und den Worten des Pfarrers gelauscht. So wie jeden Sonntag. Doch manche Bank war diesmal leer geblieben. Viele sind aus der Stadt geflüchtet. Diese Feiglinge.

Die Kirche ist ein Ort der Wunder, sie ist die größte hier im Norden. Hier bin ich getauft worden, genau wie mein Vater und mein Urgroßvater vor mir. Hier habe ich mit Aiske den heiligen Bund der Ehe geschlossen. Und hier sind auch meine Kinder in die Gemeinschaft Christi aufgenommen worden.

Die Kirche ist auch die Seele von Torum. Sie zeugt vom Glanz unserer Stadt und von unserer Glaubenstreue – auch wenn es um die zuletzt nicht so gut bestellt war. Das Gotteshaus ist reich mit Ornamenten verziert und mit bunten Fenstern versehen, die von der Schöpfung erzählen, der Vertreibung aus dem Paradies, der Sintflut, Noahs Arche und auch von Mose und seinem Aufbruch in das Gelobte Land, das er selbst nie erreichen sollte. In der Kirche steht außerdem ein aufwändig geschnitzter Altar, der das Leben und Sterben des Herrn Jesu zeigt. Im mächtigen Dreiklang rufen die Glocken im Turm zum Gottesdienst oder verkünden die Stunde. Seit vielen Jahrhunderten schon. Doch heute schweigen sie zum ersten Mal.

„Stimmt es, was die Menschen sagen, Vater?" Mine sieht mich ängstlich an.

„Was meinst du, mein Kind?", frage ich, obwohl ich es genau weiß.

Sie senkt den Blick zu Boden, und ich kann sie in dem Sturm kaum verstehen, so leise spricht sie jetzt.

„Dass die Flut kommt und uns holt. Der Pfarrer in der Kirche hat es immer gesagt. Von der Kanzel herab."

Verächtlich schnaufe ich: „Unsinn, Mine. Das sind doch alles nur Geschichten. Warum sollte eine Flut kommen?", lache ich.

„Weil wir gesündigt haben", antwortet Mine prompt. „Weil Gott uns strafen will für unseren Hochmut. So hat es der Pfarrer erzählt. Und nun ist er nicht mehr da. Und die Glocken schweigen."

Lorenz schaut mich lauernd an. Er wartet auf das, was ich jetzt sage. Aber ich sage nichts. Nur: „Es ist Zeit zu gehen."

Wir laufen weiter über den Weg und erreichen bald die ersten Häuser der Siedlung: Da ist der Hof vom alten Lambert. Verlassen … Dahinter das Haus des Händlers Mertens. Die Fensterläden stehen offen. Aber gesehen habe ich ihn schon länger nicht … Selbst die alte, krumme Weda aus der kleinen Kate gegenüber ist nicht mehr da. Das furchtsame Mütterchen hat die Ammenmärchen von dem Untergang und der großen Flut geglaubt. Lächerlich! Sie werden alle bald wiederkommen. Zurück nach Torum. Da bin ich mir sicher.

Die Kinder sind schneller als ich und laufen voraus. Der Sturm zerrt an uns. Neben mir biegen sich die Bäume im Wind. Der Hagel wird nun schwächer, aber unsere Mäntel sind völlig durchtränkt. Endlich erreichen wir den Hof – unser Heim, das Heim meiner Ahnen. Seit vier Generationen schon. Auch meine Kinder werden hier von den fruchtbaren Feldern vor den Toren der Stadt zehren. Zwar sind die Zeiten gerade hart, aber ich arbeite auch hart dafür, dass es wieder besser wird. Ja, alles wird gut.

Lorenz wird all das hier einmal erben. Auch Hasko, sein jüngerer Bruder, mein Zweiter, wird hier sein Auskommen haben. Und meine beiden Töchter, Mine und Lore – sie sollen hier ebenfalls ihren Platz finden, wenn ein Mann sie erwählt hat und sie ihre eigenen Familien gründen wollen. Der Hof ist groß genug und hat schon so viele Menschen getragen. Das Werk meiner stolzen Ahnen wird fortbestehen. Immer. Dafür arbeite ich. Von früh bis spät. Seit ich lebe. Solang ich lebe.

Als ich an unserem Gulfhaus vorbeilaufe, wehrt der hohe Giebel den Hagel ab, und ich finde etwas Schutz im Schatten der Klinkermauer. Der Sturm faucht über das Dach, wie der Odem eines Ungetüms. Aus dem Stall dringt das angstvolle Gebrüll des Viehs. Nur noch zehn Kühe stehen hier. Den Rest habe ich verkauft, als es auf dem Markt noch etwas dafür gab. Als es den Markt noch gab.

Es ist noch nicht allzu lange her, da war frühmorgens auf den Gassen und Straßen der Stadt fast kein Durchkommen. Weil alles zum Markt strömte, wo Händler aus dem ganzen Land ihre Waren feilboten. Das beste Gemüse … die saftigsten Früchte … Getreide in rauen Mengen … aber auch feinste Tuche, Schmuck, Schnitzwerk und das fetteste Vieh weit und breit. Hier wechselten viele Münzen den Besitzer. Der Markt ist das Herz von Torum.

Doch als die Gerüchte aufkamen, dass Kriegstreiber die Siele verbrannt und die Deiche durchstochen haben sollen, da machte sich Unruhe breit. Und als es hieß, dass sich das Meer weiter im Norden die ersten Stätten geholt habe, wuchs die Sorge. Immer weniger Menschen gingen auf den Markt, und die Händler mieden die Stadt. Mit viel Glück habe ich mein Vieh noch verkaufen oder tauschen können. Damit wir etwas zu essen hatten. Denn die Ernte war schlecht in diesem Jahr.

Aber auch das wird vorbeigehen. Bald haben diese lächerlichen Gerüchte ein Ende und alle, die sie verbreitet haben, werden Lügen gestraft. Wir sind weit genug weg vom Meer. Mögen auch andere Dörfer absaufen, Torum bleibt bestehen. Denn sie ist eine starke Stadt. Sie wird wieder aufblühen – und auch der Markt. Das Herz von Torum wird wieder kräftig schlagen.

Wenn es knapp werden sollte im Winter, habe ich ja noch etwas Vieh. Das wird uns über die Runden helfen. Ich habe Hasko gezeigt, wie man es schlachtet. Er ist alt genug dafür und musste es ohnehin lernen. Beim ersten Mal hatte er noch Angst. Ich reichte ihm das Messer. Glatter, scharfer Stahl – aus einer Schmiede unserer Stadt. Mein Vater hat mir die Klinge geschenkt. Und er wiederum hat sie von meinem Großvater bekommen. Nun war es an mir, sie weiterzugeben. Zitternd stand Hasko mit der Klinge vor dem Rind und blickte mich hilfesuchend, aber auch etwas verschämt an. Doch ich sagte ihm: „Hab' keine Angst, es wird keine Schmerzen leiden." Und ich nahm seine Hand und führte das Messer, der Schnitt war rasch und tief. Beim zweiten Mal tat Hasko es allein, wie selbstverständlich. Ich war sehr stolz auf ihn.

Ich muss mich auf meine Familie verlassen können. Wenn alle mithelfen, werden wir die Not überstehen und es wird wieder alles gut.

Mine und Lorenz verschwinden hinter der Tür unseres Hauses. Der Hagel ist in Regen übergegangen. Es ist, als ob das Meer aus den Wolken rauscht und uns fortspülen will. Der Sturm treibt Äste und Blätter über den Weg. Ich schaue nach oben und erschrecke: Die schwarze Wand am Himmel, sie ist jetzt ganz nah.

Ich ziehe die Tür hinter mir zu, hänge meinen nassen Mantel neben die Jacken meiner Kinder und betrete die Stube. Es ist wohlig warm, der Ofen ist an. Und doch fühlt es sich anders an als sonst – nicht mehr geborgen. Alle sitzen schweigend am Tisch. Lorenz, Hasko, Mine, Lore. Mein Weib Aiske steht am Herd. Stumm rührt sie in einem Topf. Als ich grüße, nickt sie nur, aber sie sagt kein Wort.

Ich erzähle von dem schrecklichen Wetter da draußen und dem nassen Acker. Ich erzähle, dass es noch etwas braucht, bis wir mit dem Weizen beginnen können, aber dass es sicher einen reichen Ertrag geben wird, denn eigentlich müsste dieses Jahr ein gutes Erntejahr werden – nach dem Kalender meiner Ahnen.

Ich erzähle, dass wir morgen alle zum Markt gehen werden und dass sich die Kinder ein Schnitzwerk aussuchen dürfen, weil sie so brav und fleißig sind. Und Aiske soll eine schöne Kette bekommen!

Und ich erzähle von den leeren Häusern unserer Nachbarn. Wie feige und abergläubisch sie doch alle sind! Und ich lache über ihre Einfältigkeit, über dieses Geschwätz und diese dummen Gerüchte von der großen Flut, die da kommen soll.

Ich lache und lache, bis mir die Tränen über die Wangen laufen – und bis mich Aiske unterbricht.

„Es ist Zeit zu gehen", sagt sie und ihre Stimme zittert.

Aber das geht doch nicht ... Wir waren doch immer hier. Mein Vater, mein Großvater, mein Urgroßvater. Wir haben das doch alles hier aufgebaut!

Und ich schaue aus dem Fenster, in dessen Rahmen die Scheiben unter dem Sturm erzittern. Die schwarze Wand … Sie ist jetzt da! Und ich sehe ein weißes Band ganz fern am Horizont und höre ein dumpfes Grollen, das immer lauter wird. Aiske schüttelt mich und ruft etwas. Aber ich kann sie nicht verstehen, weil es so laut ist.

Also ist es doch wahr …

Sie haben gesagt, dass das Ende der Welt bevorsteht und dass es nur noch eine Frage von Tagen ist, bis die Flut unsere schöne Stadt erreicht. Aber ich glaubte ihnen nicht.

Als im Norden die ersten Siedlungen und auch die starken Mauern von Klöstern in den Wogen des Dollarts verschwanden, da sahen viele den Jüngsten Tag gekommen. Doch ich glaubte ihnen nicht.

Ich sah mit meinen eigenen Augen, wie Menschen ihr Heil in der Flucht suchten – so wie meine Nachbarn – während die anderen im Angesicht des Untergangs feierten und zechten und hurten wie in biblischen Gelagen. Und immer noch glaubte ich es nicht.

Aber jetzt, wo mir alles genommen wird, was mir lieb und teuer ist, da beginne ich zu glauben. Doch nun ist es zu spät.

Es ist Zeit zu gehen. Ja, wir werden gehen. Alle zusammen. Die Flut mag uns unser Heim nehmen. Aber nicht das Leben.

Keiner wird Schmerzen leiden. So wie ich es Hasko gezeigt habe. Bei dem Rind im Stall. Mit der Klinge meines Vaters und meines Großvaters. Rasch und tief …

Torum

Die Flut brach am 26. September 1509 herein. Ihre Namensgebung erfolgte nach kalendarischem Prozedere: Die Wassermassen kamen am Vorabend des Gedenktages der Zwillingsbrüder Cosmas und Damian – als zwei Heilige der katholischen Kirche verehrt und angerufen bei Geschwüren, Pest, Pferdekrankheiten und im Fall von Seenot. Die Annalen berichten, dass kein Beten und Bitten half: Die Nordsee brach mit unverminderter Gewalt brachial über Land und Bewohner herein. Danach, so heißt es, stand das Wasser „eine Tonne über allen Deichen“ und der Dollart breitete sich auf

Die Nordsee ist in den vergangenen Jahrhunderten vielfach brachial über die Küste hereingebrochen. Mit der Cosmas- und Damianflut von 1509 erfuhr der Dollart seine größte Ausdehnung. Dörfer wie Torum gingen unwiederbringlich verloren.

einer Fläche von 350 Quadratkilometern aus. Orte wie Torum, Wilgum, Fletum, Westerreide und Osterreide und das Kloster Palmar verschwanden von den Landkarten und Winschoten und Bunde lagen plötzlich am Wasser – daher rührt das Schiff im Wappen von Bunde. Auch an das Steinhaus von Bunderhee schwappte das Wasser. Im holländischen Reiderland drangen die Fluten bis Scheemda und Finsterwolde vor. Schwer traf es auch die florierende Hafenstadt Emden: Die Wassermassen zerstörten die Emsschleife, an der der Hafen lag, und verwandelten die Halbinsel Nesse in eine Insel, die hernach der Stadt vorgelagert war. Die Ems suchte sich – einige Kilometer von Emdens Hafen entfernt – einen neuen Verlauf. Nach der Flut tat der Schlick sein Übriges.

Die Cosmas- und Damianflut von 1509 bereitete dem Dollart die größte Ausdehnung. Im Lauf der folgenden Jahrhunderte entwickelte sich der Deichbau, weite Strecken des Rheiderlandes auf ostfriesischer und niederländischer Seite konnten wieder eingedeicht und dem Meer fruchtbare Polder abgerungen werden. Heute nimmt der Dollart nur noch ein Drittel jener Fläche von 1509 für sich ein und wird von einem Deich gesäumt – seine Höhe bei Pogum beträgt immerhin 8,50 Meter über Normalnull.

Das Dollart-Denkmal beim Schöpfwerk in Pogum, eingeweiht zum 500. Jahrestag der Cosmas- und Damianflut 2009, erinnert auch an die Flut von 1962 und den Beinahe-Durchbruch des Deiches. Es entstand in Zusammenarbeit mit der „Stichting Verdronken Geschiedenis“ in den Niederlanden – denn die Geschichte des Dollarts ist auch eine des Nachbarlandes.

Die ostfriesische Schriftstellerin Wilhelmine Siefkes (1890–1984) schrieb die Sage vom im Dollart versunkenen Torum wie folgt nieder: „*Wo heute der Dollart flutet, da führten vor Hunderten von Jahren schwerreiche Bauern auf prächtigen Höfen ein Herrenleben. Zweiunddreißig Ortschaften soll es gegeben haben, in denen man keine Armut kannte, denn die Kaufleute und Handwerker verdienten an dem wohlhabenden Landvolk. Nirgends fanden sich so viele Goldschmiede, ihre Kunst war berühmt, und die Frauen dieser Gegend trugen nicht nur an Feiertagen kostbaren Schmuck. In der Stadt Torum allein wohnten acht Goldschmiede. Sie wetteiferten darin, die köstlichsten Geschmeide herzustellen, und die Frauen und Mädchen hatten goldene Spangen und Ketten, Ohrringe und Armbänder in Überfluß. Sie führten ein üppiges Leben, die Leute in Torum, sie deckten ihre Tische mit glänzender Leinwand, sie aßen von silbernen Schüsseln und tranken aus goldenen Bechern. Darüber vergaßen sie Gott, und wenn die Glocken zur Kirche riefen, dann folgte keiner ihrem Ruf.*

Einst feierten sie wieder ein Fest und lärmten in ausgelassener Trunkenheit. Da kam ein heftiger Sturm aus Nordwesten auf, und die Wellen sprangen wie brüllende Tiere gegen den Deich. Die Torumer kümmerte das nicht. Und der Sturm heulte und rüttelte an Türen und Fenstern, doch sie lachten über sein Toben. Das gierige Meer aber fraß sich durch den Deich, und da war kein Halten mehr. Die wilde Flut brach ins Land und kam über die Stadt Torum. Die Menschen schrien in Todesangst, und viele flüchteten sich in höchster Not in die Kirche, und mancher Mund betete nun, der es längst verlernt hatte. Doch die Glocken gaben noch einen wimmernden Laut, dann versanken sie mit Turm und Kirche, und Torum verschwand mit allem Lebendigen in der tobenden See. Schiffer aber, die an stillen Abenden über den Dollart fuhren, haben es aus den Wassern herauf zart und sacht klingen hören. Dann sagten sie wohl zueinander: ‚Hör, de Klocken van Torum!' Bei ganz niedrigem Wasser konnte man auch noch Steinhaufen und Spuren der Straßen sowie allerlei Gerät erkennen; einmal soll man sogar ein Fäßchen mit uralten kleinen Silbermünzen geborgen haben."

Malerische Szenerie bei Ebbe: Sonnenuntergang an der ehemaligen Bohrplattform bei Dyksterhusen.

Sagenhafter Ort: Stapelmoor

Kai Kurgan

Der Herr von Drakemond

Sein Blick ... Weiß er es? Aber woher? Hat er uns vielleicht gesehen, der Pfarrer? Als wir uns trafen am Fluss, so wie jeden Abend?

Ich starre an die Decke, um seinem bohrenden Blick auszuweichen. Sie ist filigran bemalt mit Wesen aus der Fabelwelt und rankenden Blüten. Ich studiere die Motive eine Weile, dann linse ich vorsichtig wieder zur Kanzel – und schaue direkt in die zu schmalen Schlitzen verengten Augen des Pfarrers. Sie haben mich nicht einen Moment losgelassen.

Ob die anderen seinen Blick auch bemerkt haben? Ich kann nicht in ihre Gesichter sehen, denn ich sitze ganz vorne, in der ersten Bank unserer Kirche. Es ist das Privileg, das ich habe als Herr von Drakemond. Sie ist eine von sieben Burgen hier im Ort und liegt gleich neben der Kirche. Ein Graben zieht sich um Heim und Hof. Drachenmund nennen die Leute mein Anwesen. Wegen der hohen Fenster, die wie funkelnde Augen wirken, wenn das Kerzenlicht hinter den Scheiben flackert. Wegen der Mauern, die vier Fuß dick sind wie der Panzer eines Lindwurms. Und wegen der großen Tür am Portal, die eben auch das Maul eines Drachen sein könnte.

Die Kinder im Dorf singen immer: „Drachenmund, Drachenmund! Hüte Dich vor seinem Schlund!"

Und genau in dieser Drachenhöhle war sie mein, und unsere Leiber verzehrten sich in den Flammen der Leidenschaft. Lina ...

Ich muss ständig an sie denken. Wann hört denn das endlich auf?

Der Pfaffe predigt über Sünde und Versuchung – und über das sechste Gebot. Kein Zweifel, er weiß es also. Und dabei weiß er doch gar nichts! Ich bin kein Ehebrecher! Sie ist doch freiwillig mitgekommen.

Es ist Liebe. Ja! Echte, aufrichtige Liebe. Ich bin doch so einsam, seit Hilke, meine Gattin, gestorben ist. Und Lina war auch einsam. Zumindest im Herzen. Das habe ich gespürt. Die Augen verrieten sie. Ich sah Traurigkeit, Leere – und Sehnsucht. Und nur ich konnte sie stillen.

Der Pfarrer … Er soll aufhören, mich anzustarren! In seinem Blick liegt pure Verachtung. Oder bilde ich es mir nur ein? Wenn ich doch nur in die Gesichter der anderen schauen könnte! Soll ich mich umdrehen? Nein, das würde mich nur verraten. Womöglich sitzt Linas Gatte direkt hinter mir.

Sie hatte Zweifel. Große Zweifel. Die musste ich ihr erst nehmen. Wir trafen uns eines Abends zufällig am Fluss – wo ich meinen Gedanken nachhing und mit dem Strom auch mein Leben vorbeiziehen sah. Ein Leben ohne Hilke. Ein Leben ohne Liebe. Ich ertrug es nicht. Und hätte mich am liebsten in die Fluten gestürzt.

Doch dann kam Lina, wie aus dem Nichts. Sie trug ein weißes Kleid aus Leinen und einen Korb mit Wäsche unter dem Arm, die sie im Fluss waschen wollte. Und wir redeten und redeten, als kannten wir uns schon Ewigkeiten. Wir vergaßen die Zeit. Als die Uhr dann acht schlug, erschrak sie. Sie ließ mich stehen und lief schnell nach Hause – wo ihr Gatte wartete.

Doch wir sahen uns wieder. Tag für Tag. Und irgendwann führte ich sie in meine Drachenhöhle. Wo das Feuer der Leidenschaft loderte und uns mit Haut und Haaren verzehrte.

Die Orgel spielt. Die Gemeinde singt. Ich stimme mit ein. Voller Inbrunst. Hörst Du mich Pfarrer? Es ist ein Lied über die Liebe Christi. Doch für mich ist es ein Lied über jede Liebe.

Immer wieder starrt mich der Gottesmann an. Prüfend. Wissend.

Dann spendet der Alte den Segen. Endlich ... Der Gottesdienst geht zu Ende. Der Pfarrer lässt seinen Blick noch einmal gütig über alle in der Kirche schweifen – nur auf mich fällt er diesmal nicht.

Ich erhebe mich und gehe zur Tür. Der Alte steht schon dort, um all seine Schäfchen zu verabschieden.

Ich weiß nicht, warum, aber meine Hand zittert, als ich sie ihm reiche. Er drückt sie fest. Seine Hand ist kalt. Genau wie sein Blick, der mich wieder zu durchbohren scheint. Seine Stimme aber klingt warm und fast süßlich. Er flüstert: „Gott sieht alles, Herr von Drakemond."

Ich erstarre und wende mich ab. Raus ... Ich muss hier raus! Ich ersticke in diesem Haus!

* * *

Tagelang beschäftigen mich die Worte des Geistlichen. Ich habe versucht, sie zu verdrängen. Doch sie gehen mir ebenso wenig aus dem Kopf wie Lina. Immerzu sehe ich ihr Gesicht. Bei Tag und im Schlaf. Auch der Pfaffe erscheint mir in meinen Gedanken. Und beide Gesichter verschmelzen.

Du hast kein Recht, mich zu verdammen, Gottesmann. Du nicht! Meine Liebe ist rein! Sie schenkt mir Wärme, Erfüllung – ein neues Leben! Ja, Leben! Du aber wirst sterben, Pfarrer. Heute Nacht noch.

Dieser Gedanke reift in mir, während ich dumpf brütend in die Flammen meines Kamins starre. Ja, der Alte muss sterben. Er wird unsere Liebe sonst verraten. Und mich. Das kann ich nicht zulassen.

Der Abend hat seinen dunklen Schleier über unser Dorf geworfen. Ich schaue aus dem Fenster meiner Kammer, dem

Auge von Drakemond, und ich sehe die Kirche. Es brennt Licht hinter den Spitzbogenfenstern. Er ist also noch wach.

Wie von einer fremden Hand geführt, stehe ich auf, greife den schmuckverzierten Dolch mit dem Drachenkopfknauf auf dem Sims des Kamins und verlasse mein Haus.

Der Mond scheint auf den Weg, der knirschende Pfad schlängelt sich zum Südportal der Kirche. Ein scharfer, kalter Wind fegt über das Land. Aber ich spüre ihn kaum, denn eine nie gekannte Hitze lässt meinen Leib erbeben und treibt mich voran.

Ich erreiche die Tür zum Gotteshaus, direkt neben ihr liegt ein mächtiger Stein. Er muss hier schon seit Ewigkeiten ruhen. Ein massiver Brocken, der auf der Oberseite ganz flach ist. Die Alten erzählten uns Kindern früher immer, auf ihm seien in dunklen, fernen Zeiten Menschen geopfert worden.

Ich drücke mich an die Mauer hinter einem Vorsprung. Er schützt mich. Vor dem Wind und auch vor neugierigen Blicken. Aber wer sollte jetzt noch unterwegs sein?

Die Kirchturmuhr! Ihre Schläge hallen dumpf zu mir herab. Sieben, acht, neun. Ich zähle leise mit. Genau wie ich es tat, als Lina bei mir war. Denn sie musste doch um neun zu Hause sein. Bei ihrem Gatten, diesem Bauerntölpel.

In meiner Drachenhöhle, tief unter dem Haus, da wo selbst Gottes Auge nicht hinsah, da nahm ich sie mir. Und ich spürte das Feuer in mir aufwallen. Das Feuer eines Drachen!

Die Kirchentür knarrt. Er kommt heraus, der Pfarrer. Mein Herz hämmert wild, und Schweiß nässt meine Stirn. Doch als ich den Griff des Dolches umfasse, werde ich auf einmal ganz ruhig. Denn ich weiß, wofür ich es tue. Für die Liebe. Für mein Glück.

Der Gottesmann schließt die Tür ab und wendet sich zum Gehen. In seinem feudalen Pfarrhaus direkt gegenüber der Kirche warten gewiss ein warmer Ofen und ein guter Tropfen auf ihn. Aber dieser Genuss wird ihm nicht mehr vergönnt sein.

Ich halte den Atem an – und zögere. Er hat mich nicht bemerkt. Noch nicht.

Soll ich es tun? Vielleicht weiß er es ja doch nicht. Das mit mir und Lina.

Lina … Ich seufze. Etwas zu laut. Er hat mich gehört – und starrt mich nun an!

Ich kann seinen Blick in der Dunkelheit nicht sehen. Aber ich spüre ihn. Wie er mich durchdringt. Genau wie im Gottesdienst. Und jetzt ruft er meinen Namen. Ich trete vor und zücke den Dolch.

Als er mich erkennt, will er schreien – doch meine Klinge schneidet den Schrei entzwei. Er röchelt, gurgelt und packt meine Hand. Jetzt gibt es kein Zurück mehr. Ich ramme ihm den Dolch in seinen Leib. Immer wieder. Immer wieder … Sieben Mal, acht Mal. Neun Mal.

Ein Schauer prasselt auf mein Gesicht. Es kühlt so gut und die Hitze der Wut, die in mir kocht, klingt ab. Ist es Regen? Nein, es ist sein Blut, das mein Antlitz tränkt. Ich schmecke es auf meinen Lippen.

Der Griff des Pfarrers wird schwächer. Der Alte sinkt zu Boden, auf den Granitfels neben der Tür. Dort haucht er sein Leben aus. Ich höre sein Blut in der Dunkelheit auf den Stein sprudeln. Und mit seiner Seele steigt auch mein Geheimnis hinauf in den Himmel – wo es nun unerreichbar ist für alle Sterblichen.

Ich eile zurück nach Drakemond, in die schützenden Mauern meines Heimes. Keuchend stürze ich in mein Gemach. Der Schein der Kerzen lässt mein Antlitz im Fenster widerspiegeln. Bei Gott, es ist voller Blut! Das Blut des Pfarrers! Und auch meine Kleidung ist über und über besudelt.

Hastig stürze ich mich auf die Waschschüssel und spüle die Spuren der Bluttat fort – bis das Wasser in der Kumme rot von Blut ist. Mein Gewand verzehren die Flammen im Kamin, und den Dolch – das Mordwerkzeug – werfe ich durch das geöffnete Fenster in den Graben meiner Burg. Erschöpft sinke ich auf mein Lager. Was habe ich getan? Was habe ich nur getan?! Ich fürchte, keinen Schlaf zu finden – doch Linas Arme ziehen mich ins Traumland und ihre wilden Küsse im Traum sind Balsam für meine erregte Seele.

Als ich erwache, ist sie fort. Aber die Gedanken an den Abend, die sind wieder da – mit brutaler Klarheit. Der Dolch. Der Stein. Das Blut.

Lärm und Geschrei dringen von draußen in meine Kammer. Das Dorf ist in Aufruhr! Sie suchen den Mörder des Pfarrers.

Mir ist elend. Ich zittere am ganzen Leib und verkrieche mich in den Keller meines Hauses. In die Drachenhöhle … Wo ich Lina geliebt habe. Und als die Lust mich damals verzehrte und das Feuer in mir wie ein Rausch wütete, da hörte ich die Schläge der Kirchturmuhr. Sieben, acht, neun. Und sie wimmerte und weinte, denn sie musste doch gehen. Zu ihrem Gatten zurück. Doch was kann er Dir schon bieten!?

Meine Drachenhöhle … Es ist so kalt hier. Ohne sie.

* * *

Drei Tage nach dem Mord wird unser Pfarrer zu Grabe getragen. Die Glocke ruft. Das ganze Dorf strömt in die Kirche. Auch ich werde mich dem nicht entziehen können, wenn ich keinen Verdacht erregen will. Seufzend mache ich mich auf den Weg – über den knirschenden Pfad, wie vordem in der Mordnacht.

Ich erreiche das Südportal, im Innern der Mauern setzt bereits der Gesang der Gemeinde ein. Mein Blick fällt auf den Stein neben der Tür, wo der Alte sein Leben aushauchte. Ich bleibe stehen. Irgendetwas ist seltsam.

Ich schaue genauer hin: Die Flecken. Die Blutflecken. Sie sind immer noch zu sehen! Hat man sie denn nicht fortgewischt? Die Male meiner Schandtat – rostig braun ziehen sie sich über den Fels.

Mit hämmerndem Herzen betrete ich durch das Westtor die Kirche. Die Orgel spielt, alles singt. Ich schleiche mit demütig gesenktem Haupt durch das Kirchenschiff, geradewegs auf den aufgebahrten Leichnam des Pfarrers zu. Ich halte inne, um mein Gebet für den Toten zu sprechen. Ich darf doch nicht auffallen.

Während ich leise mein „Vaterunser" aufsage, wandert mein Blick verstohlen hinüber zu dem Leichnam. Das frische Gewand, in das man seinen zerstochenen Leib gehüllt hat … die greisen, gefalteten Hände, die noch vor wenigen Tagen so kalt die meinen schüttelten … die schmalen Lippen, die immer noch so verächtlich geschürzt sind – wie nach der Messe, als er sagte: „Gott sieht alles, Herr von Drakemond."

Seine Augen. Mein Gebet erstirbt mitten im Satz, und mein Hals wird ganz trocken. Seine Augen sind geöffnet! Sie starren mich an. Kalt, vorwurfsvoll – genau wie an dem Morgen, als sein Blick mich von der Kanzel traf!

Mir wird schwindelig. Die Gewölbebögen über mir beginnen sich zu drehen. Die Fabelwesen und Ranken an der Decke – sie tanzen! Ich sacke zu Boden und hinter meinem Rücken vernehme ich das Raunen der Gemeinde.

Taumelnd erhebe ich mich wieder und wanke auf die Menschen zu. In meinen Ohren pfeift es, lauter als die Orgel, die ihr Spiel nun beendet hat.

Helft mir doch! So helft mir doch!

Doch die Menge weicht zurück. Entsetzt starrt man mich an. Und wo für einen Moment noch Mitleid in den Augen stand, sehe ich nun nur noch Abscheu, Entsetzen und Zorn. Was haben sie denn nur?

Ich kann mich nicht mehr halten und sacke vor dem Taufbecken in die Knie. Mit letzter Kraft ziehe ich mich wieder empor. Im Becken steht noch Wasser. Ich schaue hinein – und sehe mein Gesicht. Es ist voller Blut!

Das Blut des Pfarrers! Wie ist denn das möglich?! Ich hab doch alles abgewaschen!

Ich starre auf den Toten. Seht doch! Er grinst! Er verhöhnt mich! Er weiß es, er weiß es! Ja, ich gestehe! Ich habe es getan!

Man zerrt mich vor die Kirche, auf die Straße. Schläge prasseln auf mich ein. Sieben Mal, acht Mal, neun Mal. Mein Kopf platzt unter Steinen und Stöcken und ein roter Schleier schiebt sich vor meinen Blick,

Was wollt Ihr denn nur!? Ich kann doch nichts dafür! Ich habe sie doch geliebt! Meine Lina. Und auch Bena, Hella, Marga und all die anderen, die mir gefolgt sind in meine Drachenhöhle.

Aber keine von ihnen hat diese Liebe erwidert! Ihre Herzen sollten brennen vor Leidenschaft. Genau wie meines. Und so schnitt ich sie heraus und warf sie in die Flammen. In den Ofen meiner Drachenhöhle. Ja, und dort brannten sie endlich, die Herzen.

Mir wird kalt … Ich steige auf … Wie ein Drache!

Der Blutstein von Stapelmoor

Die Kirche von Stapelmoor hat eine in Ostfriesland einzigartige Architektur: Sie wurde zwischen 1250 und 1275 auf dem Grundriss eines griechischen Kreuzes erbaut – ohne rechten Winkel. Und auch der Findling am Fuße des Südeingangs ist eine Besonderheit, denn ihm sagt man eine mörderische Geschichte nach.

Die Erzählung vom Priestermord in Stapelmoor und dem Menschenblut, das sich seit der frevelhaften Tat nicht von diesem Stein waschen lässt, gehört zum Fundus „Reiderländischer Sagen". Vielleicht war es eine klirrend-kalte Nacht, als der Geistliche seinen letzten Atemzug tat. Vielleicht heulte ein winterlicher Sturm um das backsteinerne Gemäuer, als sein Herz ein letztes Mal schlug. Es heißt, er habe dem Mann, den er verdächtigte, rund um Stapelmoor Reisende und Kaufleute auszuplündern und zu meucheln, zuvor mehrfach ins Gewissen geredet. Auch habe er dessen Untaten bei der sonntäglichen Predigt angeprangert – und so sein eigenes Verderben heraufbeschworen, denn der Mann habe in der folgenden Nacht dem Priester beim Verlassen des Gotteshauses aufgelauert und ihm eine Klinge in den Leib gestoßen.

Der Kirchenmann sei tödlich verletzt auf den Findling gestürzt, der Angreifer sei geflohen. Es soll eine Weihnachtsnacht gewesen sein, als der Pfarrer sein Leben aushauchte, als seine Augen brachen und sein Blut den Stein färbte. Der

Der große Findling mit den „blutigen" Schattierungen befindet sich am Südeingang des imposanten Gotteshauses von Stapelmoor. Auf ihm soll ein Geistlicher sein Leben ausgehaucht haben; außerdem wird dem Granitblock nachgesagt, dass er einst als Opferstein gedient hat.

besagte Findling, der seither als „Blutstein“ von sich reden macht, weist tatsächlich rote Verfärbungen auf, selbst eine „Blutrinne“ kann man entdecken – wenn man die langgezogene Kerbe auf seiner Oberfläche als solche auslegen möchte. Vielleicht das Indiz dafür, dass man dem Granitblock zugleich eine Vergangenheit als Opferstein angedichtet hat, zudem sollen der Legende nach in kriegerischen Zeiten Gefangene auf ihm geopfert worden sein.

Schon in der Zeit 2000 bis 800 vor Christus hat es Siedlungen auf dem Stapelmoorer Geestrücken gegeben, um 200 vor Christus hat sich dort eine bäuerliche Reihensiedlung auf Warfen befunden. Die Bezeichnung „Stapel“ kann als „Grenze“ oder „Pfahl“ ausgelegt werden. Tatsächlich verlief durch die auf einem Geestrücken liegende Ortschaft ein sogenannter „Königsweg“, eine bedeutende Handelsroute zwischen dem Münsterland und Emden. Stapelmoor, anno 1424 erstmals als „Stapelmor“ urkundlich erwähnt, soll dereinst sieben Burgen gehabt haben – diese Zahl geht auf eine Sage zurück. Vier Burgen sind tatsächlich bekannt – dazu gehört auch die alte Pastorei von 1429, die wie ehedem genutzt wird. Archäologische Untersuchungen haben indessen Hinweise auf zwei weitere spätmittelalterliche Steinhäuser erbracht.

Der ostfriesische Pastor und Geschichtsschreiber Otto Galama Houtrouw (1838–1933) berichtete seinerzeit geradezu enthusiastisch über Stapelmoor, „ … denn hoch und stattlich genug ragen uns sein Thurm und Kirche, seine Burgen und burgähnlichen Gebäude schon von Halte aus entgegen. Hat Klugheit oder obrigkeitlich Verbot bisher es verboten, den beutelüsternen und plünderungslustigen Feinden von den Schätzen dieses großen und schönen Dorfes allzu viel zu verrathen?“ Schon weitaus früher hatte der ostfriesische Historiker Ubbo Emmius (1547–1625) die Kirche und die Burgen von Stapelmoor als „fanum vetustum“ bezeichnet – als einer Stadt würdige Gebäude.

Die spätmittelalterlichen Malereien im Kirchengewölbe sind so schön wie magisch und geben seit ihrer Freilegung im Jahr 1964 manches Rätsel auf. Was mag das für eine Gestalt sein, die mit weit ausgebreiteten Schwingen ausgestattet, im Ostjoch verewigt worden ist? Gedeutet wird sie als mögliche Darstellung einer Harpyie – das sind geflügelte Mischwesen der griechischen Mythologie, welche die Sturmwinde verkörpern. Mit Beginn des Mittelalters symbolisierten Harpyien-Darstellungen das Böse, die Habsucht und die Unterwelt. Durchaus furchteinflößend erscheinen auch die Löwen auf dem Taufstein.

Sagenhafter Ort: Halte

Hans-Erich Viet

Das Mädchen aus gutem Hause

Sie hatte sich erhängt, ungewöhnlich für eine Frau. Frauen gehen ins Wasser, wie man so sagt. Männer neigen schon eher zu der Methode des Erhängens oder des Erschießens, je nach Verfügbarkeit der Hilfsmittel.

Wie soll man das nach so langer Zeit rekonstruieren? Mir wurde es in den letzten Jahren berichtet, meine Zeugen sind auch keine direkten – das Unglück ereignete sich in der zweiten Hälfte des 19. Jahrhunderts. Eigentlich war es Mord, das ist zwar auch ein Unglück, aber nicht im Sinne einer dramatischen Zufälligkeit. Mord in diesem Fall allerdings auch eher durch kalkuliertes In-den-Tod-gehen-Lassen. Und das kommt einem Mord gleich.

Die Fähre in Halte über die Ems wird schon lange nicht mehr betrieben, heute fährt man über eine Stahlbrücke vom Rheiderland ins Emsland – schon auf der Brücke sieht man die großen Hallen der weltbekannten Werft. Wenn man Glück hat, liegt ein fast fertiges Schiff im Hafenbecken und man kann staunen über die Fähigkeiten, ein solches Schiff zu bauen.

In Halte gab es über Jahrhunderte die Fähre, das war früher nur ein Ruderboot, von zwei kräftigen Kerlen bewegt. Platz war für ein paar Menschen und für ein paar Tiere bis zur Größe von Schafen. Noch viel früher soll es ein Geschäftsmodell gewesen sein, reiche Reisende aus dem Münsterland zu berauben, ihnen den Schädel einzuschlagen und sie ins Wasser der Ems zu werfen. Vorzugsweise ausgeführt bei ablaufendem Wasser, so dass die in die Nordsee zurückfließende Ems die Leiche und sämtliche Spuren ins offene Meer hinaustrieb. Das klappte nicht immer, manchmal blieb die Leiche auch am Ufer hängen oder Fischer fanden sie im Netz oder in ihren Aalreusen.

Es soll der Burgherr von Halte selbst gewesen sein, der Profit aus den Räubereien erzielte. Seine Knechte wurden gerädert und gestanden die Taten und nannten ihren Herrn beim Namen. Der versuchte zu fliehen, wurde jedoch von Landsknechten eingefangen, vor Gericht gestellt, zum Tode verurteilt und gehängt. Auf der Burg wurde zwar viel katholisches Weihwasser verschüttet – aber der Ort stand seitdem unter keinem guten Stern.

Nun ist ein Pensionat, ein Mädchen-Pensionat, zwar eine löbliche Einrichtung, aber es versammelt sich an einem solchen Ort viel Leid der Mädchen und jungen Frauen. Zwar sind sie geschützt vor ihren Familien, die die Kosten für ihre Unterkunft und Betreuung zu tragen haben, und das sagt uns natürlich, dass nur recht wohlhabende Familien sich dieses leisten konnten. Da Halte damals mehr als heute abseits lag, hatten die Familien offenbar das Bedürfnis, ihre weiblichen Zöglinge fern der Öffentlichkeit zu halten, wahrscheinlich damit die besonderen Umstände der jungen Frauen nicht öffentlich wurden.

Also dieser Ort in Halte, inzwischen Gut Halte, war eine Zeitlang ein Pensionat. Der Schutz vor dem Außenleben oder dem Vorleben der Mädchen war jedoch gleichzeitig die Verwundbarkeit im Innenbereich der Anstalt, weil die dort mehr oder weniger Eingesperrten dem Personal auf Gedeih und Verderb ausgeliefert waren beziehungsweise immer noch sind, in den heutigen Einrichtungen.

Eines der Mädchen kam von weit her, aus Nordfriesland. Wenig mehr war bekannt. Die Gutsleitung kannte natürlich alle Details. Die junge Frau war schon fast zwanzig Jahre alt, die meisten anderen waren jünger. Sie war sehr still, aber nicht unfreundlich. Sie hatte einen Hang zum Alkohol, das war bekannt, im Grunde auch die einzige Droge, an die heranzukommen war. Im Dorf und in Vellage wurde einiges getrunken, Bier natürlich, aber auch Weizenkorn und Selbstgebranntes. Wie überhaupt in der Gegend der Alkohol selbstverständlich war, nicht alle hatten deswegen ein erfülltes, langes Leben. Sie konnte sich also versorgen über Kontakte zum Dorf.

Sowieso hatte sie ein paar mehr Freiheiten als die anderen Mädchen, so durfte sie ab und zu mit der kleinen Fähre übersetzen. Den kurzen Weg zur Fährstelle, dann über die Ems und dann zu Fuß weiter bis nach Papenburg. Natürlich nur in Begleitung. Eine der Hausangestellten vom Gut kam aus Papenburg und wenn sie Ausgang hatte beziehungsweise ihre Familie besuchen wollte, durfte auch sie übers Wasser auf die andere Seite. Die Angestellte besuchte dann ihre Mutter, half ihr im Haushalt und kümmerte sich um die Geschwister.

Während das Mädchen die Zeit nutzte, um im Ort zu spazieren, sich die Geschäfte anzusehen und an den vielen Kanälen entlangzulaufen, dabei die Torfschiffe zu bestaunen und von den Torfarbeitern auffordernd angepfiffen zu werden. Dann ging sie schneller und schaute sich auch die Eisengießerei von Meyer und Barth an – aus der Distanz. Sie hörte das Hämmern der Schmiedemaschinen und die Kommandos der Vorarbeiter. Aus Nordfriesland kannte sie das nicht, dort ging es nur um Fisch und um das Verschiffen von Weizen. Während bis Papenburg richtige Seeschiffe fahren konnten, beladen mit Holz aus Skandinavien. Das Holz wurde umgeladen auf kleine, flachgehende Schiffe, die das Material ins Landesinnere transportieren konnten.

Sie war fast glücklich in diesen Momenten und dachte sich, vielleicht würde sie richtig weit wegfahren eines Tages.

Über Bremerhaven oder Hamburg mit einem Auswandererschiff nach Amerika. Sie musste noch ein wenig aushalten im Pensionat, dann wäre sie frei.

Mit diesem Lächeln saß sie im Boot – oder sagen wir doch besser Fähre – nach Halte. Zusammen mit der Hausangestellten, die von der Familie zurück wieder zum Gut Halte musste. Im Gepäck frische Wäsche und Lebensmittel, die die Mutter eingepackt hatte. Und Kuchen – den die beiden Frauen heißhungrig auf der Fähre aßen. Die kräftigen Fährmänner bekamen auch etwas vom Kuchen ab und bedeutungsvolle Blicke gingen hin und her.

Ich muss gestehen, dass sich die Geschichte bislang doch etwas zu nett anhört, fast sentimental, die gute alte Zeit beschwörend – natürlich abgesehen von der Todesankündigung des Anfangs. Das liegt daran, dass es mir schwerfällt, die Furchtbarkeit wirklich zu benennen, weil sie einfach wehtut.

Der Kräftigere der beiden Fährleute, der genüsslich den mitgebrachten Kuchen verspeist, ein junger Mann Mitte zwanzig, hat schon länger ein Verhältnis mit der jungen Frau. Er ist es auch, der ihr Alkohol besorgt und zukommen lässt, im großen Obstgarten des Gutes oder in einer der Scheunen, auf den Heuböden, im Geräteschuppen. Das geht schon eine Weile so. Sie mag ihn – ist vielleicht sogar verliebt in ihn. Sie mag seine unbekümmerte Art, obwohl er im Grunde keine Bildung genossen hat – wie man so sagt. Vielleicht ist er sogar deshalb unbekümmert.

Trotz der Tatsache, dass er mit einer Magd, die auf einem der großen Höfe auf dem Polder arbeitet, ein gemeinsames Kind hat. Dieses Kind wiederum wird von der Großmutter der Magd aufgezogen – eine Magd mit einem unehelichen Kind auf dem Hof, undenkbar. Aber davon erfährt sie erst später. Die flüchtigen und heimlichen Begegnungen mit ihm enden meist, wenn es die Umstände erlauben, dass sie Sex miteinander haben. Immer mal wieder zwischendurch, ohne viel Zeit zu verschwenden oder auch weil die Gefahr der Entdeckung besteht, je selbstvergessener die beiden sind.

Er ist nicht der Erste, mit dem sie intim geworden ist. Schon mit 16 Jahren, noch in Nordfriesland, hatte sie ein Verhältnis mit einem Justizassessor – der doppelt so alt wie sie war. Sie glühte förmlich für ihn, er war wie ihr Vater mit der Jurisprudenz vertraut und hatte offenbar, wie ihr Vater, eine Vorliebe für junge Mädchen.

Das Geschlechtliche war ihr nicht verkapselt oder religiös verbrämt, schon früh war sie so frei in sich, dass sie Sexualität nicht als berechnende Waffe gegen Männer einsetzte. Wenn sie Zuneigung verspürte, dann war es eben so, wenn sie bei den drängenden Küssen ihres Assessors Lust verspürte, dann war es so und sie gab dem Drängen nach, weil auch sie es wollte.

Das blieb der bürgerlichen Umgebung in Nordfriesland nicht verborgen und obwohl der Vater neben seiner Ehefrau immer mindestens eine Geliebte hatte, war er in Bezug auf seine Töchter weniger liberal. Verbote und Vorschriften hatten keinen großen Effekt auf die Tochter, auch an einer Ehe mit dem Assessor war sie nicht interessiert. Zwar waren die beiden verlobt, aber eigentlich nur, um der gesellschaftlichen Form im geringen Maße zu genügen.

Der Assessor wiederum hatte Karrierepläne, es drängte ihn weg von Nordfriesland Richtung Berlin oder mindestens nach Kiel oder Lübeck. Da war eine Ehe eher hinderlich. Sie allerdings träumte nicht von den Provinzstädten in Schleswig-Holstein oder vom preußischen und spießigen Berlin – nein, in ihrem Kopf wirbelten Bilder, Geschichten und Erwartungen von Amerika, Nordamerika.

New York! Ja New York! Sie hatte Berichte von denen in Zeitschriften gelesen, die es dort geschafft hatten. Aber sie landete eben in Halte, auf dem Gut, im Pensionat. Im tiefsten Ostfriesland, in der Nähe der holländischen Grenze mit den bescheidenen Höhepunkten des nahen Papenburg. Die Stadt Leer in Ostfriesland schien schon unerreichbar, dort war der Juristenkollege des Vaters ansässig, der die verschwiegene Örtlichkeit des Pensionats in Halte empfohlen hatte. Dort in Halte konnten Geheimnisse auch solche bleiben.

Sollte man denken. Jeder wusste vom Verhältnis zum Burschen von der Fähre, dass der eigentlich eine Familie hatte, wenn auch wegen der Umstände getrennt. Die Magd und er waren einfach zu arm, um sich eine Wohnung zu leisten, um eine Familie zu gründen. So erging es vielen in der Zeit. Und viele träumten vom Auswandern nach Amerika, viele taten es auch. Die Lebens- und Arbeitsbedingungen waren einfach nicht gut.

Der kräftige Fährbursche allerdings träumte nicht. Er war zufrieden mit dem Fährjob, traf viele Menschen, schäkerte mit den Frauen, war viel an der frischen Luft und hatte diverse andere kleinere Geschäfte, die er tätigte. Dazu gehörte auch der Schmuggel über die nahe Grenze zu Holland. Tee schmuggeln ging immer, Alkohol auch. Er konnte Menschen ohne Kontrolle über die Grenze bringen, für entsprechende Bezahlung natürlich. Also warum sollte er von dort weggehen?

All das ließ ihn und das Mädchen nicht zusammenkommen. Eine Weile funktionierte die gegenseitige Inanspruchnahme der jungen Menschen, von einem Paar kann man nicht reden. Ihre offensiv sexuellen Gefühle füreinander ließen sie lebendig sein in einer ungewöhnlichen Art. Sie war unmittelbar, direkt, heftig, gewissermaßen aber auch blind und durch den Zeitfaktor gefährdet. Sie wusste das und er ahnte es, besonders dann, wenn sie das Thema des gemeinsamen Weggehens ansprach. Er reagierte harsch und abweisend.

Dabei hatte sie ihm noch gar nicht gesagt, dass sie von ihm schwanger war. Es war nur eine Frage der Zeit gewesen, bis es passierte. Zumal sich beide wenig um die Folgen ihrer Zusammenkünfte Gedanken machten, nicht zu vergessen der Alkohol, der seine entsprechende Wirkung bei den jungen Leuten nicht verfehlte.

Nicht zum ersten Mal war sie ratlos, aber diesmal war sie richtig ratlos. Ohne ihn weg nach Amerika? Mit einem Baby im Bauch? Das konnte sie sich nicht vorstellen. Auch ohne sein Wissen über ihre Schwangerschaft war er schon abweisend in dieser Frage. Undenkbar was passieren würde, wenn sie es ihm sagen würde. Ihm fiel eigentlich nichts auf an ihr, außer dass sie manchmal anstrengend war. Dass sie keinen Alkohol mehr trank war auch deutlich, er maß dieser Tatsache aber keine größere Bedeutung bei.

Sie wusste nicht, wem sich anzuvertrauen. Der Familie in Nordfriesland konnte sie nicht schreiben, dem Freund des Vaters in Leer schrieb sie einen Brief, in dem bat sie um ein Gespräch und um die Erlaubnis für einen Besuch. Die Antwort kam und las sich durchaus freundlich: Gerne könne sie die Weihnachtstage in Leer verbringen, man würde sich über den Besuch freuen. Aber es war August und Weihnachten war noch weit weg. Bei der Hausangestellten, mit der sie regelmäßig nach Papenburg ging, wagte sie einen Vorstoß, machte entsprechende Andeutungen. Diese reagierte jedoch panisch und war nicht hilfreich, die Arme war schon durch die Andeutungen überfordert.

An einem lauen Samstagabend im späten August wurde es zu viel. Sie hatte eine Flasche französischen Rotwein von ihrem Liebhaber bekommen, Teil einer Schmuggelware aus Holland. Sie trank davon, er schmeckte wunderbar. Sie trank die halbe Flasche leer, wobei der Wein durch die spätsommerliche Hitze immer wärmer wurde. Ein wohliges Gefühl kam hoch, sie fühlte ihren Bauch und sie fühlte nichts. Da war etwas, das wusste sie – aber es sprach nicht mit ihr und sie sprach nicht mit ihrem Bauch. Fast hatte sie Angst davor, dass es mit ihr sprechen würde.

Der Wind frischte etwas auf, es blieb aber warm. Sie holte die lange Holzleiter, stellte sie an eine der Pappeln und kletterte wohl an die sieben Meter in den Baum, um sich auf einen kräftigen Ast zu setzen. Sie konnte über das ganze Land sehen, nach Papenburg, sie sah den Emsverlauf, die Emswiesen. Zur anderen Seite die großen Höfe des Rheiderlandes. Eine schöne Aussicht und gleichzeitig die Gewissheit, dass sie nie im Leben ein Hochhaus sehen würde.

Sie lächelte und musste leise weinen, als sie den mitgebrachten Strick aus ihrer Schürze herausholte. Ein sogenannter Kälberstrick aus dem Stall. Sie befestigte den Strick an einem Ast über ihr, legte eine Schlinge um ihren Hals und rutschte langsam vom Ast in die Tiefe, abgebremst von dem Tau um ihren Hals, das sich schnell zuzog, als sie fiel.

Die Mordflamme

Die Geschichte der Dörfer Halte und Vellage ist durch die Nähe zur Ems und durch ein Gotteshaus miteinander verwoben. Vellage wurde erstmals um 900 in einem Register des Klosters Werden als „Veldlagi“ erwähnt. Im 9. und 10. Jahrhundert nach Christus war es im Reiderland infolge der Missionstätigkeiten des heiligen Luidger, Gründer des Klosters Werden und erster Bischof von Münster, zu Ansiedlungen gekommen. Die Datierung der ersten Kirche in Vellage reicht vom 13. bis ins 15. Jahrhundert. Ein erster Hinweis auf das „kerkspel Vellaghe“ findet sich in einer Urkunde vom 21.

Die kleine Kirche von Vellage ist auf einer Warft erbaut worden. An jener Stelle soll es einst eine germanische Kultstätte gegeben haben.

Januar 1428, die Häuptling Ocko tom Brok unterzeichnete. Wenige Monate zuvor, am 28. Oktober 1427, hatte er in der Schlacht auf den Wilden Äckern im Kampf gegen Häuptling Fokko Ukena die Vorherrschaft in Ostfriesland verloren und musste infolgedessen auch seine Besitztümer im Reiderland abtreten.

Der erste urkundliche Eintrag von Halte als „vorwerke tho Halteren" datiert auf das Jahr 1439. Ein Indiz dafür, dass der Ort an der Ems aus einem Vorwerk der Johanniterkommende Muhde entstanden ist. Die Kommende „Lethemuda" befand sich seit Ende des 13. Jahrhunderts an der Mündung der Leda in die Ems gegenüber von Leerort. Deren Mönche betrieben in der Region einige Vorwerke, in Halte unterhielten sie ein Klostergut mit einer Meierei. Und sie wirkten in Vellage. Denn, dass die Kirche von den Johannitern geprägt wurde, ist bis heute in ihrem Innenraum ersichtlich: Mehrfach ist an den Seitenwänden das Kreuz ihres Ritterordens aufgemalt – das sogenannte Malteserkreuz.

Mit der Reformation endete das Wirken der Mönche in Halte und Vellage. Bereits um das Jahr 1528 ließ Graf Enno II. (1505–1540) das Vorwerk in Halte beschlagnahmen – dabei sollen unter anderem Gold- und Silbergeräte, Geld und Messgewänder fortgeschafft worden sein. In den Geschichtsbüchern ist nachzulesen, dass der letzte Vorsteher der Kommende Muhde, Berend van Hage, 1561 den gesamten Klosterbesitz schlussendlich gegen eine geringe Abfindung an die Witwe Ennos II., Gräfin Anna von Ostfriesland (1501–1575), übergab. Diese überließ das Gut Halte ihrem Kanzler Friedrich ter Westen (gest. 1571) als Sommerresidenz – es heißt, dass sich hernach etliche Gesandte deutscher und europäischer Fürstenhöfe dort aufgehalten haben sollen.

Das Gut Halte wechselte immer mal wieder den Besitzer. So lebte dort über einen längeren Zeitraum die Familie van Geldern-Cloppenburg-Loesing, ab 1865 dann eine Familie Klasen. 1958 wurde es an die Hannoversche Landbaugesellschaft verkauft, die dort Gärtnereibetriebe entstehen ließ. Das einstige Herrenhaus von Gut Halte, im Jahre 1796 entstanden, befindet sich in Privatbesitz und gehört zum Hotel-Restaurant Reiherhorst.

Die Überlieferung „Die Mordflamme" schrieb der ostfriesische Volkskundler Friedrich Wilhelm Sundermann (1843–1924) wie folgt nieder: *„Am Mittellauf der Ems, da, wo dieselbe den münsterschen Boden verläßt und in Ostfriesland eintritt, liegt der schöne Ort Halte. Eine stark frequentirte Fähre führt hier seit langen Zeiten über den Fluß. Lang, lang ist's her, da stand zu Halte eine große Burg, die einem Grafen aus Oesterreich oder Baiern zugehörte, so sagten es die Bewohner Völlen's und Velge's wenigstens. Der Besitzer war ein äußerst freundlicher Mann, gastfrei, liebenswürdig und zuvorkommend gegen Jedermann. Seine Fähre wurde von zweien seiner Knechte, wahren Hünen, prompt bedient. Und da man hier Tag und Nacht passiren konnte, war der Zudrang an Reisenden von und nach Münsterland sehr stark. Damit des Nachts der Landungsplatz nicht verfehlt werden konnte, brannte in einem Fenster der Burg eine breite blitzblaue Flamme.*

Zu der Zeit führte mancher Reisende bei der großen Unsicherheit der Wege einen tüchtigen Hund als Schutz mit sich. So reiste auch ein reicher Kaufherr von Münster aus mit seinem Hunde nach Ostfriesland, kam des Abends sehr spät an die Halter Fähre und stieg in das Fährboot. Sein Hund wollte indessen durchaus nicht hinein, sondern stand zornig murksend am Ufer und schnappte nach den Händen der Fährknechte, wenn diese ihn greifen wollten. „Laßt das Thier", meinte der Kaufmann, „es wird schon nachkom-

1930 sind im Innenraum der Kirche Wandmalereien aus der zweiten Hälfte des 15. Jahrhunderts freigelegt worden. Die Abbildungen zeigen eine sogenannte Kreuzweg-Darstellung. Das weitestgehend verblasste Fresko ist nur noch in Fragmenten erkennbar und zum Teil von lateinischen Schriftzeichen überdeckt und mit einem Weihekreuz übermalt worden – Zeichen, die von den Johannitern des benachbarten Kloserguts Halte hinterlassen worden sind.

men, wenn es uns abfahren sieht!" „Oder", meinte der eine Knecht, „es kann ja, wenn es ihm beliebt, seinen Weg allein zurückmachen, daher es ist gekommen" – und lachte dabei höhnisch auf.

Dies mißfiel dem Kaufherrn und nicht ganz ohne Beklemmung fuhr er ohne seinen Hund ab, bemerkte aber bald, wie dieser laut aufheulend ins Wasser sprang und seitwärts dem Boote mitschwamm. Als man mitten auf der Ems war, durchzuckte plötzlich die blitzblaue Flamme ein feiner rother Strahl, wie wenn ein Schwert zumal den Kopf spaltet, und im selben Augenblick fühlte der Kaufherr einen wuchtigen Schlag auf seinen Kopf, so daß er ohne Besinnung hinstürzte und der Länge nach im Boot lag.

Hatte aber der Kaufherr die rothe Flamme und den Schlag noch bemerkt, so hatten die Fährknechte nicht bemerkt, wie leise der Hund an das Boot herangekommen war und nun mit einem Satz sofort dem einen der Knechte, der da den Schlag geführt, an die Gurgel sprang und ihn würgte, und dann mit solcher Wucht und Schnelligkeit auf den andern zufuhr, daß dieser, der zu rudern saß, augenblicklich durch den Stoß und Prall nach rücklings so hart mit dem Kopfe aufschlug, daß er wie der Kaufmann dalag.

So führte der Strom das Boot seinen eigenen Weg die Ems hinab und als im Morgengrauen ein fürstliches Convoischiff unterhalb Leer das Boot aufpickte, fand man den Kaufmann zwar noch betäubt, doch sonst wohl und gesund, den Hund mit fletschenden Zähnen über dem ebenfalls lebenden Fährknecht stehend, und den andern Knecht todt in seinem Blute liegend.

Ein Fähnlein Landsknechte wurde abgesandt, den Burggrafen gefangen nach Leerort zu führen, um die Sache dort untersuchen zu können, als dieses aber in Halte ankam, war der Vogel bereits ausgeflogen. Nun schöpfte man erst recht Verdacht, und da in den letzten Jahren dunkle Gerüchte über eine Mörderbande im Lande aufgetaucht waren, und manch ein Reisender spurlos verschwunden war, so durchstöberte man die Burg und fand in derselben eine tiefe Mordgrube voller Leichen und Todtengebeine.

Als nun die Männer darob Entsetzen und Wuth ergriff, wurde der Knecht gefoltert, und bekannte derselbe, daß sein Herr ein berüchtigter Mörder vom Oberland und er sein Spießgeselle sei, und daß sie gemeinsam die Reisenden gemordet und dann geplündert hätten. Da wurde der Knecht in Egels gerädert, die Burg zu Halte zerstört, der Mordbrunnen mit Weihwasser besprengt und darauf verschüttet. Seitdem aber zeigt sich noch oft in stillen Nächten eine blitzblaue Flamme in der Luft gerade an der Stelle, wo vordem die Mordflamme brannte, und heult ein großer Hund, wenn ein Reisender des Nachts überfahren will.“

In der Mitte des silbernen Abendmahlsbechers, der 1782 angefertigt worden ist, sind zwei Herzen zu sehen, die mit „Vellage“ und „Halta“ überschrieben sind.

Sagenhafter Ort: **Plytenberg**

Lübbert R. Haneborger

Das grüne Quadrat

„Was haben wir?“, fragte die Kommissarin grußlos in den Morgennebel.

„Vermutlich männliche Leiche, stark verwest und sicher vor mehr als zwanzig Jahren hier unter die Grasnarbe gebracht – und das in sitzender Haltung“, antwortete ebenso kurz angebunden der Kollege von der KTU. Dabei nestelte er am Reißverschluss seines weißen Schutzanzuges, in dem sich ein Zipfel der darunterliegenden Kleidung verfangen hatte.

„Verflucht“, brummte er, gebeugt über den klemmenden Zipper. „Vielleicht ein Bestattungsritual wie bei den Indianern“, fügte er murmelnd hinzu.

„Tja, Häuptlinge soll es hier früher in Ostfriesland ja auch gegeben haben, oder wie war das noch?“, überlegte Kommissarin Helen Peters. Dann hakte sie unverdrossen nach: „Und die Todesursache?“

„Auf solche Fragen kann ich um halb acht noch gar nicht, Hel! … Das heißt, wenn du mir gleich im Revier formvollendet einen Kaffee servierst? Dann könnte ich vielleicht bei der Gerichtsmedizin ein bisschen Druck …“

„Adelmund, du bist ein verdammter Macho“, konterte Helen Peters. „Ich weiß nicht, wie du bei der Geruchsausbildung überhaupt noch an irgendetwas Kulinarisches denken kannst!“

„Ach, das kann noch fieser“, antwortete Gerrit Adelmund trocken, „wir sind ja zum Glück an der frischen Luft.“

„Wer ist denn überhaupt auf die glorreiche Idee gekommen, hier am Plytenberg eine Fahne zu hissen? Und das um 7.15 Uhr morgens!“, fragte sich die junge Ermittlerin und verdrehte die Augen. „Braucht man da nicht eine Genehmigung von der Stadt oder von so einem archäologischen Dienst? Das ist hier doch wieder sowas wie ein nationales Heiligtum?", mutmaßte sie in Unkenntnis der Historie des grünen Hügels am Leeraner Stadtring.

Sie lebte erst drei Monate in der Ledastadt und fieberte ihrem Urlaub entgegen. Ausgerechnet jetzt, drei Tage bevor sie nach Amsterdam aufbrechen wollte, wurde diese Leiche ausgehoben. Aber sie würde unnachgiebig bleiben und trotzdem fahren.

Die Strafversetzung steckte ihr noch immer ziemlich in den Knochen. Hinzu kam, dass Ben sie erst einmal in dieser Zeit besucht hatte und sich seit fünf Wochen praktisch überhaupt nicht mehr meldete. Die Entfernung war wohl zu groß und die Zeit, die er erübrigen konnte, zu knapp. Die Oberkommissarin erlebte ihre zweite Demütigung in nur einem halben Jahr.

Und was konnte sie schon dafür, dass sie und ihr Kollege Wedel in ihrem letzten gemeinsamen Fall unweigerlich der Hannoveraner High Society und schlimmer noch einem Landespolitiker auf die Füße treten mussten.

‚Alles irgendwie deprimierend', dachte Helen Peters, die den ersten Hauch von Frühling herbeisehnte. Mit dieser Kleinstadt konnte sie bisher ebenso wenig warm werden, auch wenn sie die Menschen durchaus liebenswürdig fand.

Helen fröstelte. Kein Wunder, gestern hatte es noch gehagelt, so kurz vor Ostern. Und dieser Todesfall war wie die nächste Strafe. Ein Toter, der mutmaßlich schon seit mehr als zwei Jahrzehnten niemanden interessiert hatte, bedeutete schiere Sisyphusarbeit – und würde vermutlich auch jetzt niemanden interessieren.

„Ich dachte, das ist hier sooo ein friedlicher Landstrich bei euch Ostfriesen! Laut gestriger Statistik von Polizeidirektor Lind ist die Zahl der Straftaten seit der Polizeireform von 2007 um ganze 32 Prozent gesunken. Steht heute jedenfalls in jedem dieser Sensationsblättchen zwischen Ems und Jade", pflaumte Helen ihren Kollegen an. „Krimis gibt's hier bei euch doch praktisch nur noch im Buchladen oder auf der Mattscheibe. Aber das bis zum Abwinken und meistens saumies recherchiert. Zumindest was unsere Arbeit anbelangt."

„Den Urlaubern scheint's zu gefallen", meinte Adelmund, während er das DNA-Entnahme-Kit aus dem Spurensicherungskoffer fischte.

Unvermittelt mischten sich fremde Stimmen in ihre Unterhaltung.

„Bis heute ist mir schleierhaft", hörte Helen jetzt eine männliche Stimme fragen, „warum wir das Sponsoring für diese alberne Veranstaltung übernehmen mussten."

Als sie ihren Lockenkopf drehte, erblickte sie unweit zwei Anzugträger, die sich in ihren farbigen Windjacken an einen Sparkassen-Bulli lehnten. In dem Gewusel der Kollegen waren die Herren ihr bisher nicht sonderlich aufgefallen.

„Das war doch sicher wieder eine Idee unserer tollen Marketing-Abteilung", lautete die entnervte Antwort des zweiten Bankbediensteten. Auch seine folgende Schlussfolgerung enthielt kein Argument für die morgendliche Grabungsaktion:

„Die glauben doch nicht im Ernst, dass die Zeitungsfritzen auch nur drei Quadratzentimeter von unserer Fahne mit ins Foto nehmen! Die interessieren sich doch nur für frohlockende Kinder mit bunten Eiern und Hasen mit Kulleraugen!"

„Aber ich sage dir, Werner", stimmte der Kollege mit ein, „wir sitzen jetzt wieder mit dem Schlamassel und die Marketing-Abteilung ist um diese Zeit noch gar nicht im Büro!"

„Entschuldigen Sie", mischte sich die Neu-Leeranerin nach wenigen Schritten ein.

„Peters, mein Name. Ich leite hier die Ermittlungen und nehme an, Sie waren dabei, als die Leiche gefunden wurde? Sachdienliche Hinweise könnten uns wirklich weiterhelfen."

Die beiden Mitarbeiter des Kreditinstituts am Denkmalplatz warfen sich vielsagende Blicke zu und stellten sich dann als die Kundenberater Nettelroth und Scheets vor.

„Ja, wir haben hier im unteren Bereich nach einer repräsentativen Stelle gesucht", erzählte Werner Nettelroth.

„Und von unserem Hausmeister ein kleines grasgrünes Quadrat ausstechen und in die Tiefe buddeln lassen", ergänzte Heiko Scheets eilfertig. „Das ging auch alles ganz gut, bis zu dem Moment, als er auf einen Knochen stieß!"

„Und der Hausmeister?", wollte Helen Peters wissen.

„Der ist schon wieder am Denkmalplatz, eine Ausstellung aufbauen. Aber etwas anderes kann der Ihnen auch nicht sagen! Wir haben uns nur gewundert, dass der Knochenmann nicht ausgestreckt unter der Erde lag", überlegte der Mittfünfziger Nettelroth, bevor der jungenhafte Kollege beichtete, dass er sich erst einmal übergeben musste und sich die Leiche bisher nicht näher ansehen mochte.

„Um was für eine Veranstaltung geht es hier eigentlich auf dem Hügel?", fragte die Ermittlerin.

„Um Ostereier-Trüllen. Das machen die von der Stadt und vom Heimatmuseum seit 2016 an dieser herausgehobenen Stelle, um die Tradition zu pflegen", führte der leicht ergraute Nettelroth aus.

„Ostereier- … wie bitte?", fragte die Hannoveranerin.

„Trüllen oder Trullern, Frau Kommissarin", erklärte der junge Scheets.

Helen dachte: ‚Trulla-n, … is' klar!' Sie würde diese Ostfriesen nie verstehen.

„Also das ist ein in Ostfriesland verbreiteter Brauch", fuhr Scheets fort. „Dabei werden die hartgekochten Eier, die die Kinder in ihren Osternestern gefunden haben, von natürlichen Schrägen wie Dünen, Deichen, solchen Hügeln oder von selbstgebauten Bahnen heruntergerollt. Lünskebahnen heißen die und Sieger ist dann derjenige, dessen Ei am weitesten kommt und dabei unbeschädigt bleibt!"

„Ja, die Eier müssen hier in Ostfriesland schon einiges aushalten!", pflichtete Nettelroth bei und ergänzte, als er die anzügliche Zweideutigkeit seines Ausspruchs bemerkt hatte: „Es gibt außerdem noch das Eierbicken oder Hicken-Bicken und das Eierwerfen."

„Ach so, ja?", wunderte sich Helen Peters und riet den beiden, ihre Sponsoringflagge gegen Abend doch auf der anderen Seite des Hügels in den Wind zu stellen.

„Wir können von Glück sagen, dass die Schüler von der nahen BBS heute offenbar freihaben, Adelmund", sagte sie nur Minuten später. „Sind denn schon wieder Ferien?"

„Keine Ahnung", überlegte Adelmund, der abermals in seinem Koffer hantierte, „aber solange die Nachbarn nicht bei der Zeitung anrufen, können wir hier in Ruhe weitermachen. Vom Stadtring aus kriegen uns die Autofahrer vermutlich nicht ins Blickfeld."

„Nachbarn ist ein gutes Stichwort", fand Helen Peters und blickte sich um. „Die sollten wir befragen, sobald wir hier fertig sind."

Und da es Kollege Heiko Dirks vorzog, den neunten Tag in Folge seine Grippe zu Hause auszukurieren, musste sie am späten Nachmittag wohl oder übel Gerrit Adelmund bitten, mit ihr die Runde zu machen.

Doch die Befragung der Nachbarn rund um den Plytenberg erwies sich als zäh und wenig ersprießlich. Helen Peters hatte mehrfach das Gefühl gehabt, an diesem Vormittag beobachtet zu werden. Einmal stand ein Anwohner in seiner ölverschmierten Hose in seiner Bastlergarage und blickte zum grünen Hügel hinüber. Ein anderes Mal meinte sie für Sekundenbruchteile den Lichtreflex eines Fernglases durch die kurzzeitig aufscheinende Sonne wahrgenommen zu haben. Und mindestens dreimal bewegten sich in der Nachbarschaft Gardinen oder Vorhänge. Aber so neugierig die Anwohner zuvor auch gewesen waren, im direkten Gespräch gaben sie sich auffällig wortkarg. Wie war es möglich, dass niemand mitbekommen hatte, dass hier vor mehr als zwanzig Jahren ein Mensch im Plytenberg vergraben wurde?

* * *

Drei Tage später, die Ermittlungen waren, wie erwartet, nicht sonderlich vorangekommen, setzte sich Helen Peters als Urlauberin in ihren VW-Bulli und brach gen Westen auf. Fünf Tage Amsterdam, danach gemütlich an der Küste zurück. Zunächst am Marker- und IJsselmeer entlang, dann mit Blick auf die niederländischen Inseln und die offene Nordsee zurück gen Osten.

Doch so sehr sich Helen Peters in der jungen, weltoffenen und modernen Metropole ablenken ließ, so sehr sie ihre Besuche im Filmmuseum EYE, im jungen Hafen-Künstlerviertel, auf dem Rembrandt- und Leidseplein, in den Grachten oder im Rotlichtbezirk De Wallen genoss, sie blieb doch unruhig. Sie konnte den aktuellen Fall nicht loswerden und erkannte überall Details, die rund um den Plytenberg ihre Wahrnehmung gestreift hatten. Zwischen all den Fahrrädern, Rollern und Motorrädern zum Beispiel musste sie wieder an die Maschine denken, die als Youngtimer in der Garage des Nachbarn Günther Evers an Ketten hing. Dort prangten auch viele internationale Motorradkennzeichen an der Garagenwand, unter anderem zwei gleichlautende niederländische. Dann wunderte sie sich wieder, dass niemand die Presse angerufen hatte, wo ihr hier doch an jeder Straßenecke ein aktuelles Exemplar einer holländischen Zeitung kostenlos in die Hand gedrückt wurde und sie das Mitteilungsbedürfnis der Gesellschaft oft nervte. Hinzu kam, dass Kollege Adelmund ebenso mitteilsam war und im gefühlten Zweistundentakt die neuesten Erkenntnisse per WhatsApp durchgab.

WhatsApp-Nachricht von ‚Gerri Adel-Mund', tags darauf, 10.26 Uhr: „Autopsie und forensische Radiologie sagen: Leiche männlich, Mitte zwanzig laut Zahnreife und Skelett. Schädel eingeschlagen."

WhatsApp-Nachricht von ‚Gerri Adel-Mund', 15.26 Uhr: „Erste forensische Fundort-Analyse sagt: Leiche vermutlich nach 1990 abgelegt."

WhatsApp-Nachricht von ‚Gerri Adel-Mund', 17.31 Uhr: „1994 wird wahrscheinlicher, 93 haben an dem Hügel noch Archäologen aus Aurich geforscht, wollten wissen, wozu der Hügel diente. Kein Häuptlingsgrab!"

WhatsApp-Nachricht von ‚Gerri Adel-Mund', 17.34 Uhr: „Ach vergessen: Die komische Haltung kann von Leichenstarre, Erfrierung oder Unfall herrühren, bevor Leiche vergraben wurde – meint die Rechtsmedizin."

WhatsApp-Nachricht von ‚Gerri Adel-Mund', einen Tag später, 11.33 Uhr: „DNA-Abgleich von Leiche mit unserer Datenbank negativ."

WhatsApp-Nachricht von ‚Gerri Adel-Mund', einen Tag später, 11.33 Uhr: „Identität der Leiche weiter rätselhaft: Es gab keine Vermisstenanzeigen seinerzeit, die passen."

WhatsApp-Nachricht von ‚Gerri Adel-Mund', 14.33 Uhr: „Die Nachbarn sind nie erkennungsdienstlich behandelt worden. Tauchen überhaupt nicht auf in unserem PC."

Nach diesen und weiteren Botschaften auf dem Handy schlief Helen Peters die vierte Nacht in Folge spät ein und träumte wild. Immer wieder begegneten ihr die Leiche vom Plytenberg, die Sparkassen-Männer, Archäologen, Anwohner, die sie befragt hatte, und alles um sie herum fühlte sich frostig an. Kurz bevor sie gegen fünf Uhr wieder wach wurde, bemerkte sie die Hagelkörner auf ihren Schultern und Händen und als sie am Plytenberg um sich blickte, sah sie Szenen, die alles zu erklären schienen und immer wieder ein Motorrad, das durch ihr Bewusstsein schwebte. Angestrengt versuchte sie, die Bilder festzuhalten, bis sie endlich wach wurde.

WhatsApp-Nachricht von ‚Hel Peters', 5.28 Uhr: „Adelmund, halt mich nicht für verrückt. Aber ich glaube, ich hab's. Auch wenn der Fall so kompliziert scheint: Alles hängt mit allem zusammen!!!"

WhatsApp-Nachricht von ‚Gerri Adel-Mund', 7.24 Uhr: „He, Hel, wenigstens ausschlafen könntest du mal. Was soll das bedeuten mit dem Zusammenhängen?"

WhatsApp-Nachricht von ‚Hel Peters', 7.25 Uhr: „Adelmund, endlich! Es passt alles: Das Schweigen der Nachbarn. Das Wetter. Das Motorrad in der Garage. Das doppelte gelbe Kennzeichen, noch ohne das blaue Euroband – also vor 2000! Ihr müsst die Kollegen hier in Holland nach Vermissten aus dieser Zeit fragen. Und bringt die Nachbarn zu Einzelvernehmungen aufs Revier! Tippe: Der Tote musste verschwinden, weil er irgendetwas wusste oder ein Geheimnis in Ostfriesland hatte."

* * *

Als Helen Peters tags darauf Urk erreichte, eine ehemalige Insel an der Westseite des Noordoostpolders, begann das Handy neben ihr auf dem Fahrersitz auffällig zu vibrieren. Sie steuerte den nächstgelegenen Parkplatz des alten Fischerortes in der Provinz Flevoland an und erwartete schon neue Nachrichten von Adelmund. Neuerdings auch bekannt unter seinem aktuellen WhatsApp-Profil ‚SOKO Plytenberg'. Und richtig, es waren drei Nachrichten:

WhatsApp-Nachricht von ‚SOKO Plytenberg', 11.24 Uhr: „Hel, du hattest vollkommen recht!!!!! Es stimmte fast alles! Es waren vier Nachbarn ;-)"

WhatsApp-Bildnachricht von ‚SOKO Plytenberg', 11.25 Uhr, die eine abfotografierte Seite des Vernehmungsprotokolls zeigt: „Hier die Aussage von Nachbar Evers, der

Bastler mit dem hängenden Motorrad in der Garage: Der Verdächtige Evers, Günther (geb. am 5. Juni 1959 in Emden, wohnhaft: Plytenbergstraße 13b, 26789 Leer) räumt seine Tatbeteiligung im dritten Verhör vollumfänglich ein: Bis zu dieser Woche habe er jeden Tag an den 3. März 1994 denken müssen. Ein ähnlicher Tag wie der Auffindetag der Leiche, nur ab dem Nachmittag auffallend frostig und glatt, mit Hagelschauern und Blitzeis. Die Behörden hätten die Bürger aufgerufen, soweit möglich zu Hause zu bleiben. (Diese Aussage wurde bestätigt, u.a. durch Wetterdaten des DWD). Bevor zahlreiche Leeraner über die Deichstraße zu einer Karnevalsveranstaltung und einem Losverkäuferessen gefahren seien, habe der damals 61-jährige Nachbar Harald Brinkmann gegen 17.30 Uhr (beim Ausführen seines Hundes) an der Ubbo-Emmius-Straße einen einsamen Motorradfahrer mit niederländischem Kennzeichen beobachtet.

Kurz darauf habe er von der Stelle, wo der Fußweg von der Plytenbergstraße auf die Deichstraße stößt (gegenüber der Außenstelle der Stadtwerke), ein Krachen und Schleifgeräusche gehört. Als er, neugierig geworden, etwas später die Stelle erreichte, konnte er erkennen, dass der Motorradfahrer bei einem neuerlichen Hagelschauer quer über die dortige Ab- bzw. Auffahrt vom Stadtring gerutscht und verunglückt war. Er wollte dem Niederländer auf vereisten Nebenfläche zu Hilfe kommen. Aber eine Ledertasche am Fahrzeug, deren Verschluss aufgesprungen war und ein paar Geldscheine, die neben dem Verunglückten lagen, haben Brinkmann verraten, dass der Fahrer auf einer kriminellen Botschaftstour unterwegs gewesen sei. (Tags darauf habe die Ostfriesen Zeitung von einem großen Bankraub in der Heisfelder Filiale der Sparkasse berichtet. 240.000 DM wurden dabei erbeutet. Bestätigt durch Raubdezernat und OZ vom 4.3.1994, Seiten 1 und 11.) Der verunglückte und noch immer benommene Motorradfahrer habe erkannt, dass sein Helfer seine Absichten durchschaut hatte. Bei dem anschließenden Handgemenge habe Brinkmann den Verunglückten mit einem größeren Stein erschlagen (der Helm sei ihm vom Kopf geflogen) und die Beute an sich genommen.

Doch auf dem Rückweg in die Plytenberg-Siedlung habe ihn das Gewissen und die Frage geplagt, ob die Polizei nicht doch seine Spur aufnehmen würde, wenn sie den Verunfallten auffinden würde. Er habe sich an ihn, Günther Evers, und dann die Nachbarn Dieter Willms und Mario Schütte gewandt. Gemeinsam wurde beschlossen, den Niederländer so schnell wie möglich zu begraben. Der nahe Plytenberg, der vor kurzer Zeit noch von den Archäologen der Ostfriesischen Landschaft belagert wurde, habe sich als Begräbnisstätte angeboten. Der Niederländer, der inzwischen in seiner Haltung auf dem Motorrad eingefroren schien, stammte aus Winschoten und hieß laut Pass: Bas Venema (geb. am 3. Januar 1969 in Groningen. Eine Vermisstenanzeige aus dem Jahr 1994 ging mit heutigem Datum per Fax von der Rijkspolitie der Gemeinde Oldambt ein). Das Motorrad habe in seiner Bastlergarage ein neues Zuhause gefunden, die Beute wurde aufgeteilt. Harald Brinkmann starb vor zwei Jahren, am 4.6.2016. Die beiden anderen Nachbarn sind ebenfalls der Beihilfe geständig, vergleiche die nachfolgenden Protokolle…'"

WhatsApp-Nachricht von ‚SOKO Plytenberg', 11.27 Uhr: „Gratulation, tolle Arbeit, du hast nichts verlernt in den letzten drei Monaten! ;-)"

WhatsApp-Nachricht von ‚Hel Peters', 11.28 Uhr: „Ein Bankräuber also! Prima, Adelmund, dann kann ich jetzt endlich Urlaub machen. Bis denne, Hel ;-)"

WhatsApp-Bild-Nachricht von ‚Hel Peters', 11.52 Uhr: Das Foto zeigt die IJsselmeerküste, im funkelnden Sonnenschein. Daneben das halb angeschnittene Gesicht von Helen, Sonnenbrille tragend und lachend.

Vom Plytenberg und den Eerdmantjes

Die bekannteste Erzählung, die sich um den Plytenberg rankt, geht auf den ostfriesischen Schriftsteller Albrecht Janssen zurück. Er erweckte 1926 in seinem Kunstmärchen über den grünen Erdhügel am Ortsrand von Leer die sagenhaften „Eerdmantjes" (Erdmännchen) zum Leben – und verfasste so die ostfriesische Variante der durch eine Kölner Sage bekannt gewordenen „Heinzelmännchen".

Die Eerdmantjes, so heißt es, sollen den Leeraner Bürgern des Nachts aus ihrer Not geholfen haben, wann immer sie den Ruf „Eerdmantje, Eerdmantje, help mi!" hörten. Die kleinen

Seit einigen Jahren ist der Plytenberg bei Leer auch wieder Schauplatz des ostfriesischen Osterbrauchs „Eiertrüllen".

Geister sollen außerdem im Plytenberg den unglaublichen Goldschatz und das Grab des letzten Friesenkönigs Radbod gehütet haben. Bis ihnen ein durchtriebener und habgieriger Landwirt namens Klaas Knieptang auflauerte, der sich in den Kopf gesetzt hatte, das im Berg verborgene Schloss sowie den Schatz an sich zu reißen.

Klaas Knieptang lockte „Sjurt", den König der Eerdmantjes, unter einem Vorwand in sein Haus und erwürgte ihn hinterrücks, um an jene Brille und den Schlüssel zu gelangen, mit der er dann bei Neumond das Plytenberg-Schloss öffnete. Doch der Raub wurde dem Bauer zum Verhängnis, denn er versank mit seinem Pferdefuhrwerk und dem Diebesgut in der Ems. Derweil ließen sich die Eerdmantjes für je eine Goldmünze von einem Fährmann über den Fluss setzen – und sind seither für immer verschwunden.

Von der Entstehung des Plytenberges handelt auch eine Volkssage, die von der Leeraner Heimatdichterin Wilhelmine Siefkes niedergeschrieben wurde. So sollen sich zwei „Riesenfräuleins" auf den Inseln Baltrum und Juist vergnügt und ihre Schürzen mit reichlich Dünensand gefüllt haben, als sie sich gemeinsam auf den Heimweg machten. Der habe sie übers Watt bis nach Emden geführt und dann weiter entlang der Ems – dabei sei an jedem Ufer eine Riesin gegangen. Weil der schwere Sand nach und nach aus den Schürzen herausgerieselt sei, entstanden die Emsdeiche. *„Als die beiden dann Leer liegen sahen und die Ems nach rechts abbog, um die Leda aufzunehmen, sprang die eine Riesin mit einem Satz zu der anderen hinüber. Knacks – riß ihr Schürzenband, und all der Sand fiel auf einen Haufen. Und das war dann der Plytenberg."* In der Überlieferung „Die Eerdmantjes" verrät Wilhelmine Siefkes: *„In den Nächten, wenn das Mondsilber vom Himmel fiel, sah man oft auf dem Hammrich ihre Wäsche bleichen. Und die Schiffer hörten in strengen Wintern manchmal an stillen Abenden ein geheimnisvolles Knacken im Eise; dann wußten sie, daß die Eerdmantjes Schlittschuh liefen."*

Wie Grabungen und archäologische Untersuchungen der Ostfriesischen Landschaft Anfang der 1990er-Jahre belegten, handelt es sich bei dem neun Meter hohen, künstlich aufgeworfenen Erdhügel, der einen Durchmesser von 62 auf 56 Meter aufweist, weder um ein Wikingergrab noch um ein Seezeichen. Er diente im 15. Jahrhundert vermutlich als Aussichtshügel der strategisch wichtigen, aber doch sehr niedrig gelegenen Festung Leerort am Zusammenfluss von Leda und Ems. Die Eerdmantjes sind bis heute in Leer und umzu in aller Munde: So wurde nach dem Eerdmantje „Plytje" das neu erbaute und im Februar 2019 eröffnete städtische Schwimmbad benannt. Und seit 2016 dient der unter Denkmalschutz stehende Hügel auch wieder als Schauplatz für das hierzulande traditionelle Oster-„Eiertrüllen". Übrigens: Der Name Plytenberg leitet sich vermutlich vom Mittelniederdeutschen ab und verweist auf die „platte", sprich ebene Kuppe des Hügels.

Ein historischer Hügel, der zum Spaziergang einlud: Der Plytenberg.

EMBDEN

Sagenhafter Ort: Emden

Jutta Oltmanns

Diener des Zorns

Die Welt war nur mehr eine rabenschwarze, schwankende Hölle. Dass mein Boot nicht längst unter den Fluten begraben lag, glich einem Wunder. Aufs Neue begann ich zu rudern, doch das schien die Gewalten nur noch mehr aufzubringen.

Heulend schickten sie mich in ein tiefes Wellental. Fahles Licht strömte an den Seiten der hohen Wasserwände herab, und als ich den Blick hob, schrie ich vor Entsetzen. Über mir schwebte ein Schiff auf dem Wellenkamm.

Zahllose Laternen flackerten im Takelwerk wie winzige Brandherde der Hölle. Majestätisch thronte der Segler hoch oben, um dann in die Schlucht hinabzustürzen – direkt auf mich zu. Die Ruder waren mir längst aus den Händen geglitten. Das Heck meines Kahns versank schon im Wasser. Ich kroch zum Bug, den Tod vor Augen, doch als das heruntersausende Schiff das Heck meines Bootes traf, wurde ich – wie ein Korkpfropfen – in die Höhe geschleudert, wirbelte durch den brausenden Sturm und landete auf dem Deck des Seglers. Während das Schiff den nächsten Wellenberg erklomm, rappelte ich mich hoch, drehte mich langsam um und begann zu schreien …

Und mit diesem Schrei auf den Lippen erwachte ich in der Nacht des 24. Oktober 1595 schweißüberströmt. Wieder einmal endete der Alptraum, der mich jedes Jahr heimsuchte, an ebendieser Stelle. Was hatte ich gesehen? Was übertraf noch die Schrecken dieser Höllenfahrt?

„Martha!" Ich hörte das Grauen in meiner Stimme gellen. „Martha!"

Nichts rührte sich. Meine Haushälterin hatte einen gesegneten Schlaf. Es mochte aber auch sein, dass sie mein Rufen ignorierte, wie so oft. Die Borkumer sind störrisch wie Maulesel und langsam wie Schnecken. Nie taten sie das, was man von ihnen verlangte. Das hatte ich nicht geahnt, als es mir gefiel, mich zum Herrn der Insel aufzuschwingen.

„Martha", schrie ich erneut und spürte, wie ein Tobsuchtsanfall sich in mir aufbaute, den ich willkommen hieß wie einen guten Freund. Schon als Kind liebte ich es, mich dem Zorn zu überlassen. Wenn ich in Rage geriet, dann war es, als ob jemand Großes sich meiner bemächtigte und mich zu einer Waffe werden ließ, für die es weder Regeln noch Einhalt gab. „Martha!"

Endlich öffnete sich die Tür zu meiner Schlafkammer einen Spaltbreit. „Herr, Ihr habt gerufen?" Sie sagte es tonlos, doch in ihren Augen glomm Furcht.

„Schon vor einer Ewigkeit. Sag mal, stopfst du dir Stroh in die Ohren?"

„Ich habe fest geschlafen."

Es schien die Wahrheit zu sein. Marthas Haube war nur lose gebunden und sie rieb sich mit einer Hand die Augen. Mein Zorn verrauchte.

„Ich brauche Rum. Bring mir den Krug ans Bett und einen Becher, aber schnell."

Sie verschwand und kehrte kurz darauf mit dem Gewünschten zurück.

Und während der Alkohol brennend durch meine Kehle rann und der Alptraum langsam verblasste, dachte ich an jenen Tag, der zwanzig Jahre zurücklag und an dem ich vierzig Emder Seeleute in den Tod geschickt hatte.

Damals trug ich den Namen Krischan Dieken und war Hafenmeister in Emden. Neben vielen anderen Aufgaben oblag es mir, des Abends den Delft zu einer bestimmten

Stunde zu schließen. An jenem 24. Oktober 1575 kam am späten Nachmittag ein Unwetter auf, das schwere Böen und ein heftiger Seegang begleiteten. Es dunkelte schon, als eine Kogge, die „Hiske von Emden", vor dem Ratsdelft der Stadt erschien und noch in den Hafen einlaufen wollte.

Ich stand am Kai und beobachtete das Schiff. In der aufgewühlten See schoss es hoch über die Brecher hinaus, um kurz darauf tief in die Wellentäler einzutauchen.

Im fahlen Lampenschein konnte ich die Seemänner ausmachen, die das Anlanden vorbereiteten, hörte die Stimme des Kapitäns, dessen Kommandorufe den Sturm übertönten, und ballte die Hände zu Fäusten.

Die Wut brannte in mir wie Feuer, ein Zorn, der angesichts der lähmenden Hilflosigkeit zu einem bohrenden Schmerz in meinem Kopf wurde. Da war er also, der Mann, der mir mein Weib nehmen wollte. Der Mann, der mein Bruder war und dem ich in diesem Augenblick nichts sehnlicher wünschte als den Tod.

Könnte ich diesem verdammten Bastard doch nur den Einlass verwehren! Es juckte mich in den Fingern, doch da waren die bangen Gesichter um mich her. Auf der Kogge dort draußen befanden sich vierzig Emder Seeleute, die vor Monaten mit Claas nach Ostindien aufgebrochen waren.

Ihre Kinder, Mütter und Eheweiber würden mich lynchen, sollte ich es wagen, den Delft zu schließen. Dabei wurde es höchste Zeit. Der Sturm hatte sich zu einem Orkan ausgeweitet, der den Frauen die Hauben vom Kopf riss und die Kinder sich an die Rockschöße ihrer Mütter klammern ließ.

In einiger Entfernung sah ich Leevke stehen. Mein Weib hatte nur Augen für die Kogge, die mit den Fluten kämpfte. Ihre Lippen formten Gebete.

Ich knirschte mit den Zähnen. Hatte sie jemals in ihrem Leben für mich gebetet? Nein, genauso wenig, wie sie mich geliebt hatte. Es war alles eine Lüge gewesen, unser ganzes gemeinsames Leben und um ein Haar wäre sie ungeschoren davongekommen. Wie gut, dass ich am Morgen im Flickenkorb nach einer Nadel gesucht und den Abschiedsbrief vor seiner Zeit gefunden hatte.

Der Umschlag trug meinen Namen und das Datum des 26. Oktober. Rasch hatte ich nach dem Couvert gegriffen und gleich darauf waren meine Augen über die Zeilen geglitten:

Wenn du diesen Brief findest, dann bin ich fort, um mit deinem Bruder ein neues Leben zu beginnen. Ich habe Claas schon immer geliebt. Als er vor fünfzehn Jahren in die Fremde aufbrach, um sein Glück zu machen, versprach ich auf ihn zu warten, doch dann hieß es, sein Schiff sei untergegangen. Trauer und Verzweiflung trieben mich an den Rand des Wahnsinns. Einzig das Kind unter meinem Herzen ließ mich einen neuen Anfang wagen. Hannes sollte nicht als Bastard aufwachsen und so willigte ich ein, dich zu heiraten.

Als Claas im letzten Jahr nach Emden zurückkehrte, war es, als wären wir nie voneinander getrennt gewesen. Hannes hat ihn sofort als seinen Vater anerkannt und war dankbar, als Schiffsjunge mit nach Ostindien fahren zu dürfen. Auf diese letzte Reise, an die Claas vertraglich gebunden war. Jetzt ist er frei. Frei für ein gemeinsames Leben.

Die Angst vor deiner blinden Wut hat mich davon abgehalten, dir alles zu beichten. Du hast den Gurt schon aus nichtigeren Gründen oft genug auf meinem und dem Rücken meines Sohnes tanzen lassen. Ich schreibe dir diese Zeilen, da ein gesprochenes Wort vielleicht meinen Tod bedeuten würde. Doch ich will leben, Krischan.

Leevke

Nachdem die Erkenntnis des Betruges wie Gift in mein Herz gesickert war, hatte sich meine Wut ihren Weg an die Oberfläche gebahnt. Unaufhaltsam. Unkontrollierbar. Ich hatte das Erstbeste zertrümmert, was mir in die Finger gekommen war und inmitten der Bruchstücke der Anrichte gestanden, als Hornklang mich zum Delft gerufen hatte.

In meiner Rage war mir entgangen, dass sich der Himmel bezogen hatte und ein Unwetter herangerollt war. Leevke und meinen Bruder verfluchend, war ich zum Hafen geeilt.

Und da stand ich nun und betrachtete den Kampf des Schiffes, über das mein Bruder das Kommando führte. In mir wütete immer noch der Zorn und ich wünschte Claas einen höllischen Untergang. Als ob meine Gedanken den Teufel beflügelt hätten, heulte der Sturm noch stärker auf. Ich starrte auf das Schiff vor meinen Augen, das nur mehr ein Spielball der Gewalten war. Und dann, wie in einem dunklen Traum, griff eine Windsbraut nach der Kogge.

Die Wartenden um mich her schrien vor Entsetzen, als das Schiff wie eine Nussschale hochgehoben und in den rasenden Wirbel des Stroms geschleudert wurde. Ein gewaltiger Sog schien die „Hiske von Emden" zu erfassen. Wie ein aufgezogener Kreisel drehte sich das Schiff und wurde vor unseren Augen in die Tiefe gezogen.

Während alle wie gelähmt vor Entsetzen auf das Wasser starrten, durchzuckte mich ein Gedanke. Meine Finger tasteten nach dem geschmiedeten Kleinod in meiner Tasche. Ich bückte mich unauffällig und stand gerade wieder, als Bewegung in die Menge kam.

„Das Wachboot!", riefen sie und wiesen auf das mit einer Kette gesicherte Rettungsboot. „Wir müssen es zu Wasser lassen, schnell!"

Ich schüttelte den Kopf. „Es wäre Mord, bei diesem Wetter hinauszufahren."

„Es ist Mord, nichts zu tun", sagte ein alter Emder und baute sich vor mir auf. „Ich werde nicht zusehen, wie mein Sohn da draußen umkommt. Gebt mir den Schlüssel!"

Hände zerrten an mir, beschwörende Stimmen.

Leevke drang zu mir vor. „Krischan! Ich flehe dich an, lass das Boot zu Wasser. Rette Hannes! Und Claas … Denk doch an deinen Bruder."

„Das tue ich die ganze Zeit. Er hat es nicht besser verdient!", spie ich ihr entgegen.

„Was …"

„Ich habe deinen Brief gefunden!"

Leevke keuchte entsetzt auf. „Ich … Ich bleibe bei dir, aber bitte … bitte lass das Boot zu Wasser."

Ich rührte mich nicht.

„Krischan! Denk an die anderen Männer. Du kannst sie doch nicht sterben lassen, nur …"

„Verdammt, gebt uns den Schlüssel, Hafenmeister!" Einer der Kaufleute schlug mir ins Gesicht. Ich warf ihm den Bund vor die Füße und rannte davon.

Keuchend erreichte ich unser Haus, schnürte in aller Eile mein Bündel und verbarg mich. Mein Leben würde nichts mehr wert sein, wenn die Emder herausfanden, dass der Schlüssel für das Wachboot schon längst auf dem Grund des Delfts lag.

An jenem Abend heuerte ich unter fremdem Namen auf dem erstbesten Schiff Richtung Süden an. Ziel der „Santa-Maria" war die Seeräuberstadt Salé und dort wurde aus dem Hafenwärter Krischan Dieken ein Barbaresken-Korsar.

Mit Arabern und Mauren kreuzte ich auf den Meeren. Unzählige Raubzüge führten uns von Süd nach Nord und zeitweise sogar bis nach Cornwall.

Anfangs konnte ich der Kaperei nur wenig abgewinnen, doch dann überließ ich dem Zorn das Regiment über mein Leben und geriet jedes Mal regelrecht in einen Blutrausch, wenn wir ein Schiff aufbrachten. Ich kannte keine Gnade und meine Grausamkeiten waren gefürchtet.

In meinem dritten Jahr als Pirat hörte ich eines Tages in einer Hafenschänke von einem Geisterschiff, das in nördlichen Gefilden gesichtet worden sei. Es hieß, der Kapitän suche auf allen Meeren nach seiner Geliebten, die sich aus Gram um seinen Tod ins Wasser gestürzt habe.

Okeanos, der Gott der Flüsse, sei von ihren Tränen zu Herzen gerührt gewesen und habe sie in den Stand einer Meermaid erhoben. Nun warte sie in seinem Reich auf ihren Liebsten. Doch erst wenn es dem Kapitän gelänge, das Schiff in die Hände jenes Mannes zu geben, der den Tod der ganzen Mannschaft verschuldet habe, könnten die Liebenden zusammenfinden.

Mich durchzuckte der Gedanke, dass es sich bei dem Geisterschiff um die „Hiske von Emden" handeln könnte, doch meine Vernunft sagte mir, dass das Meer hart und unerbittlich war. Was es sich einmal einverleibt hatte, das gab es nicht wieder her. Doch eine vage Furcht blieb und seit jenem Tag suchte mich der Traum immer in der Nacht zum 24. Oktober heim.

Als ich fünfzig Lenze zählte, beschloss ich, dass es genug gewesen sei mit der Kaperei. Das Alter machte sich allmählich bemerkbar und die Lebenserwartung eines schwachen Korsaren war gering. Bei meinem letzten Raubzug, der mich ganz in die Nähe der Stadt Emden geführt hatte, schnitt ich einem Kerl die Kehle durch, der mir ähnlich sah. Ich durchsuchte seine Habe und fand Papiere, die ihn zum neuen Vogt der Insel Borkum bestellten.

Es war wie ein Wink des Schicksals. Hin und wieder hatte mich eine unerklärliche Regung von Heimweh gepackt. Nach Emden würde ich nie wieder gehen können. Zu groß war die Gefahr, dass man mich erkannte, auch wenn die Zeit tiefe Furchen in meine Haut gegraben hatte und mein Haar schlohweiß geworden war.

Doch auf Borkum, einem vergessenen Eiland, kannte mich niemand. Und so wurde ich zum Herrn der Insel. Eine Stellung, die mir Macht einbrachte und in der ich meiner Leidenschaft, dem Kapern, auf andere Weise nachgehen konnte. Die Borkumer pflegten ihr Hab und Gut durch Strandräuberei zu mehren. Nach einem uralten Herkommen stand es ihnen zu, alles, was die Fluten auswarfen, als ihr Eigentum zu betrachten.

Mir genügte es nicht, auf die Gunst des Schicksals zu warten, und so brachte ich die Insulaner dazu, in Sturmnächten Feuer am Strand zu entfachen und vorbeifahrende Schiffe auf das Riff vor der Insel zu locken.

Wir erschlugen die Seeleute und nahmen uns der Ladung an. Anfangs wollten die Insulaner meinen Anweisungen nicht folgen, doch als ich zornig wurde und mich an ihren Weibern und Kindern schadlos hielt, gab es bald keine Widerworte mehr.

An all das dachte ich, während der Rum meinen Leib erwärmte. Der Alptraum hatte seine Schrecken verloren, mich jedoch in eine streitbare Stimmung versetzt. Als der Morgen graute, stand ich auf und begann mein Tagwerk. Martha machte sich unsichtbar und auch die anderen Insulaner gingen mir aus dem Weg.

Gegen Abend kam Unwetter auf. Ein schwerer Sturm fegte über die Insel und mächtige Wellen brandeten tosend an den Strand. Es war eine kalte Nacht, gemacht, um sich in den Hütten zu verkriechen, doch mir stand der Sinn nach anderem.

Ich rief die Männer zusammen. „Entfacht ein Leuchtfeuer!“

„Heute nicht“, sagte ein alter Graubart. „Es ist der Tag der Nemesis, der Göttin des gerechten Zorns. Sie wird über uns kommen, wenn wir Unrecht tun und ein Schiff aufbringen.“

Ich lachte ihn aus und wandte mich den anderen zu, doch sie rührten sich nicht.

„Ihr werdet jetzt sofort ein Feuer entfachen, sonst bekommen eure Weiber und Bälger meinen Zorn zu spüren, der den der Nemesis noch übersteigen wird!", schrie ich in ihre tumben Gesichter.

Murrend machten die Insulaner sich ans Werk. Sie zischelten miteinander und blickten immer wieder zu mir herüber. Schließlich brannten die Scheite. Die Borkumer starrten mit verkniffenen Gesichtern auf das Meer.

Nichts war zu sehen und schon wollten die ersten Männer wieder heimgehen, da zuckte ein Blitz über den Horizont, und ich nahm ein Schiff auf dem Wasser wahr. Auf mächtigen Wellen schoss eine große Kogge direkt auf uns zu.

„Seht nur!", rief ich und Bewegung kam in die Männer. Sie bewaffneten sich mit Forken und Knüppeln.

Mittlerweile war das Schiff bis dicht an die Küste herangekommen und trieb unaufhaltsam auf das Riff zu. Ich stieß einen Jubelschrei aus, als die Kogge auflief. Wir hatten Glück!

„Wo ist die Mannschaft?", fragte einer der Insulaner, denn es war üblich, dass die Seemänner wild gestikulierten und um Hilfe schrien, doch wir sahen und hörten nichts. Nur das Heulen des Sturms drang an unsere Ohren.

Ich zuckte die Achseln. „Lasst uns hinüberrudern."

Die Insulaner schüttelten einer nach dem anderen den Kopf.

„Die Sache ist nicht geheuer", sagte der Graubart, der sich wohl zu ihrem Sprecher aufgeschwungen hatte. Ich griff ihm an die Schulter und schleuderte den Greis zu Boden.

„Ihr wollt euch mir widersetzen?"

Die Männer umklammerten ihre Waffen fester.

Der Alte hatte sich wieder aufgerappelt. „Fahrt alleine rüber, Vogt!", sagte er.

Ich wollte ihn erneut angehen, doch da kamen die Männer drohend auf mich zu.

„Los doch. Steigt ins Boot."

Sie griffen nach mir. Ich wusste kaum, wie mir geschah, da spürte ich schon die Wogen unter dem Boot und das Holz der Ruder in meinen Händen. Ich wandte mich fluchend um, sah in ihre Gesichter und fühlte mich wie von wilden Tieren bedroht.

„Das werdet ihr bereuen!", schrie ich, außer mir vor Zorn.

Einer der Insulaner hob seine Forke und warf sie nach mir. Ich begann zu rudern. In der Dunkelheit boten einzig die Lichter der Kogge, auf die ich zuhielt, einen Anhaltspunkt. Windgepeitscht schoss ich pfeilschnell dahin und wurde zu Boden geschleudert, als das Boot auf dem knirschenden Sand des Riffs zum Halten kam.

Stöhnend rappelte ich mich auf und maß beklommen den hoch aufragenden Rumpf vor meinen Augen. Furcht beschlich mich. Auf dem Schiff regte sich immer noch nichts. Selbst der Sturm schien den Atem anzuhalten.

Ich verließ das Boot und spürte einen seltsamen Zwang, das Fallreep der Kogge zu fassen und das Deck zu erklimmen. Wie in Trance betrat ich die Planken und näherte mich der Reling.

Ein Schlurfen in meinem Rücken ließ mich herumfahren. Von Grauen erfüllt sah ich, dass das Deck urplötzlich mit bleichen dürren Gestalten bevölkert war, die mich aus leeren Augenhöhlen anstarrten. Ein Gerippe löste sich aus der Menge, trat auf mich zu und hob die Hand.

Am ganzen Leib schlotternd, erkannte ich den Siegelring meines Bruders. Ich fiel auf die Knie und flehte um Gnade, doch er wandte den kahlen Schädel, ohne mich zu beachten.

Die Toten gingen, einer nach dem anderen, von Bord und zerfielen zu Staub, sobald sie festen Boden erreichten. Wie gelähmt beobachtete ich das Zeremoniell. Zuletzt verließ mein Bruder das Schiff. Als er zerfiel, glaubte ich Leevkes Stimme zu hören, die ihn rief.

Irr vor Entsetzen wollte nun auch ich das Geisterschiff verlassen, doch wie auf ein geheimes Zeichen hin nahm das Unwetter sein Treiben wieder auf. Eine mächtige Böe griff nach dem Schiff und trieb die Kogge zurück aufs Meer hinaus.

Während das Schiff an Fahrt gewann, versuchte ich aufzuwachen, denn dies konnte nur ein weiterer Alptraum sein. Ich kniff mir in den Arm. Ich schrie nach Martha, doch niemand kam.

Kein Laut war zu hören, außer dem Heulen des Windes und dem Tosen der See. Ich war allein auf diesem Kahn, nur das Steuerrad drehte sich, wie von unsichtbarer Hand gelenkt. Fast war mir, als ob ich schemenhaft ein Weib, eine geflügelte Gestalt,wahrnehmen könnte.

Dem Wahnsinn nahe, ließ ich mich auf die Planken gleiten. Ich kroch zum Mast, umklammerte ihn, schloss erschöpft die Augen und überließ mich dem Sturm.

Als ich die Lider wieder hob, mich mühsam aufrichtete und über das Schanzkleid spähte, fand ich mich vor dem Emder Ratsdelft wieder. Wellen türmten sich hoch auf und schlugen wie Prankenhiebe donnernd auf das Deck. Gischtberge überrollten mich. Längst war ich völlig durchnässt.

Ich hörte und spürte das Wüten der Elemente und nahm eine Rage wahr, die jeden meiner eigenen Wutausbrüche in den Schatten stellte. Noch nie hatte ich Angst vor dem Zorn gehabt, doch jetzt peitschte er mir ins Gesicht. Längst hatte der Wind aufgehört, nur Atem des Sturms zu sein, sondern war zu einem wütenden Raubtier geworden. Sein Heulen und Kreischen ließen mir den Atem stocken.

Ein greller Blitz spaltete den Horizont. Er erlosch nicht sofort wieder, sondern blieb wie der flammende Finger einer erbosten Göttin einen Moment stehen.

Und dann, als ob eine Entscheidung gefallen sei, spürte ich einen gewaltigen Sog, der mich mitsamt der Kogge in die Höhe zog. Ich schwebte über der tosenden See, um gleich darauf vom Schlag einer gigantischen Faust getroffen wieder aufs Wasser zu krachen.

Ein Bersten ertönte. Das Schiff erbebte bis ins tiefste Herz. Vom Zorn der Elemente angefeuert begann es, sich in einem wilden Tanz zu drehen. Ich warf meine Arme hoch und hörte mich selbst schreien.

Die Kreise verengten sich. Der Zorn öffnete seinen Schlund. Ein Sog – und ich schoss hinab in die Tiefe.

Das Geisterschiff von Emden

In der Geschichte „Das Geisterschiff" aus der Publikation „Sagen und sagenhafte Erzählungen aus Ostfriesland" des ostfriesischen Volkskundlers Friedrich Sundermann (1843–1924) heißt es wie folgt: *„Als noch die Stadt Emden im schönsten Flor stand, die Ems unter den Stadtmauern dahinfloß und Schiffe aller Länder und Völker den Hafen füllten, begab es sich einmal, daß ein gewaltiger Sturm aus Nordwesten losbrach, der das Wasser der Nordsee in ungeheuren Massen und Wellen der Stadt zuwälzte, so daß es ordentlich eine Noth wurde. Zu diesem Wetter lief ein großes städtisches Kauffahrteischiff, das lange auf fremden und fernen Meeren ‚geschwalkt' hatte, bei der Einfahrt in die Ems bereits signalisirt worden war und nun sehnlichst erwartet wurde, des Nachts mit vollen Segeln an die Stadt. Schon war es nahe vor der Hafenmündung unweit der langen Brücke, nahe dem schützenden Delft, schon sah man im Scheine der aufgehißten Laternen, die hin und her schlugen, die dunklen Gestalten der Seeleute sich auf- und abbewegen, schon hörte man den Commandoruf des den Sturm mit Macht übertönenden Capitains, hörte das Rasseln des schweren Ankers, der nieder in die Tiefe ging, da: – mit einem Male brach so eine höllische Windsbraut einher, wirbelten die Wasserberge so schrecklich in die Luft hinein, heulte und pfiff der Wind so gellend und eigenthümlich, daß es ein Schauder für die am Hafen stehenden Zuschauer war.*

Das Schiff wurde plötzlich erfaßt, emporgehoben, niedergetaucht und wieder mit einem Ruck aufgehoben, herumgewirbelt und dann in die Tiefe hinabgestampft. Ein gräßlicher Nothschrei

Das Emder Hafentor ließ Stadtbaumeister Martin Faber 1635 errichten. Die lateinische Inschrift auf dem Torbogen heißt in der Übersetzung: „Gott ist für Emden Brücke, Hafen und Segelwind." Auf dem Portal ist außerdem das Emder Stadtwappen zu sehen.

ONS EST EMBDÆ ET PORTUS ET AURA

ertönte vom Deck, vierzig wettergebräunte Seeleute, fast alle Emder Söhne, sollten hier im Angesicht ihrer Vaterstadt, im Angesicht ihrer am Kai stehenden Eltern und Geschwister so jämmerlich zu Grunde gehen!? ‚Wo ist die Barge?', rief man am Ufer, aber der Hafenschließer wies in den Delft auf das von ihm dort angeschlossen gehaltene Wachboot, und sagte kalt und fühllos: ‚Die Barge bleibt hier, es wäre nutzlos, sie ausgehen zu lassen; auch hat Elfert Giesberts es nicht besser verdient, als ihm jetzt geschenkt wird da draußen!' Denn der so benannte Capitain des Schiffes, das da außen eben unterging, war der erklärte Feind des Baumschließers, und der Schließer kannte nicht das Wort der heiligen Schrift: ‚Liebet eure Feinde', sondern wußte nur von dem Worte: ‚Auge um Auge, Zahn um Zahn'. Und obgleich der Schließer Nachricht davon hatte, daß sein eigener Sohn an Bord des Kauffahrers sei, so war doch der Haß gegen den Capitain in seinem Herzen so groß, daß er keine Hand zur Rettung der Mannschaft ansetzte. Und als man ihn nun gezwungen hatte, den Schlüssel herzugeben, da war es längst zu spät. Mit Mann und Maus war das Schiff versunken in dem Wirbel der Wasserberge, und höhnisch pfiffen die Winde über die Stadtmauer hin. Aber noch immer, wenn ein Sturm aus Nordwest heranzieht, die Wasser der See an den Deich hinan rasen, die Luft ächzt und stöhnt und die Winde gellen und heulen, sieht man in rabenschwarzer Mitternacht ein Geisterschiff in bläulichen Lichtschimmer eingehüllt heranstürmen, hört man das Klappern der Taue, das Rasseln der Ketten, das Rufen des Capitains und den mark- und beinerschütternden Angst- und Todesschrei der Sterbenden. Und wer den Schrei hört, fährt schaudernd zusammen und eilt von jener Unglücksstätte hinweg."

Ludolf Backhuysen, 1630 in Emden geboren, ist als Marinemaler in die Geschichte eingegangen. Rechts ein Ausschnitt aus dem Backhuysen-Gemälde „Bewegte See mit Schiffen", das der Leeraner Künstler Anselm Schönfeld neu auf die Leinwand gebracht hat.

Sagenhafter Ort: Upstalsboom

Hans-Erich Viet

Der Kamerad

Bevor das Unglaubliche passierte, ergab sich in etwa folgende Situation: Direkt vor der Pyramide, vor dem Denkmal, tritt einer der alten Männer ein paar Schritte nach vorne, hebt die Hände zum Himmel und murmelt etwas. Es ist schwer zu verstehen ein paar Reihen dahinter, Wortfetzen über Odin – die Freiheit und die Bestimmung der germanischen Rasse. Für das Vaterland wird gebetet, soweit ist es einigermaßen verständlich. Die jüngeren Männer scheinen den Text nicht gut zu kennen, sie murmeln einfach mit. Ein paar haben Fackeln in der Hand, obwohl es taghell ist. Sie stehen kerzengrade, was trotzdem nicht verhindert, dass man sieht, dass sie nicht sehr schlank sind.

Ein junger Mann schiebt sich durch die Männer weiter nach vorne. Vorbei an zwei Hundeführern, es sind zwei Wolfshunde, die nervös sind und den jungen Mann anknurren. Sie werden zurückgerissen, Geri und Freki – zurück!

Sie bleiben nervös, zerren an den Leinen. Sie riechen etwas, was ein anderer, der auch den Text vermurmelt – in einer Plastiktüte mit sich trägt. Jetzt tritt derjenige entschlossen nach vorne, verbeugt sich zuerst vor dem Redner, dann vor dem Denkmal. Dann fasst er in die Tüte und nimmt etwas Blutiges heraus, hautfarben, gelblich. Der alte Mann jetzt laut: Nimm dies als Opfer für die Raben der Weisheit, oh Odin. Mit einem kräftigen Schwung wirft der junge Mann das Blutige in die nächste Eiche, wo sich das Gewabere in Zweigen verfängt.

Eine kleine Gruppe von jungen Frauen, von denen zwei ebenfalls murmeln, beobachtet den Vorgang. Sie tragen, wie die meisten jüngeren Leute, schwarze Blousons. Eine wendet sich ab, kann nicht mehr hinsehen. Sie hält die Hand vor den Mund, krallt ihre zweite Hand in den Arm ihrer Freundin, diese nimmt sie daraufhin in den Arm. Jetzt kann sie allerdings nicht mehr an sich halten und übergibt sich laut und vernehmlich.

Der Redner vorne hört das, trotz seines Alters, dreht sich um und schüttelt fast unmerklich den Kopf. Daraufhin führt die zweite Frau ihre sich übergebende Freundin heraus aus der Gruppe in Richtung der teuren Wohnmobile, wo die Holzkohlengrills schon vorbereitet sind. Auch ohne zu wissen, dass es sich bei dem Blutigen um Innereien einer frisch geschlachteten Sau handelt – ist der Anblick schon schlimm genug.

Zuständig ist das Landgericht in Aurich. Und zwar deswegen, weil der Angeklagte seinen festen Wohnsitz in der Nähe hat. Das ist sein gutes Recht, denn er hat Anspruch darauf, dass seine Sache in der Nähe des Wohnortes verhandelt wird. Das erspart ihm die weiten Reisen, in seinem Alter. Zu verdanken hat er seinen Prozess Mohammad Atta, also nicht direkt dem Massenmörder, der eines der Flugzeuge in einen Turm des World Trade Centers steuerte, 3500 Tote. Zu verdanken hat er es einem Freund Attas, der weiterhin die Miete für die Wohnung in Hamburg-Harburg zahlte, als Atta schon in den USA weilte, um dort das Fliegen zu üben. Am Landen war er nicht interessiert, wie später bekannt wurde, er wollte ja auch nicht landen, sondern den Tower treffen, mit dem Flugzeug, mit den Passagieren und der Crew, was ihm, wie wir wissen, auch gelang. Und dieser Freund, der die Miete weiter für die Wohnung zahlte, damit das Verschwinden des Atta nicht auffiel, der wurde angeklagt wegen Beteiligung am Massenmord. Zwölf Jahre Gefängnis, bestätigt vom Bundesgerichtshof.

Was hat der Angeklagte in Aurich nun damit zu tun? Eigentlich gar nichts. Wäre da nicht ein pensionierter Amtsrichter und Anwalt im Allgäu, der sich fragte: Wenn der Hamburger Komplize angeklagt werden kann wegen Beteiligung am Massenmord, warum ist das deutsche Rechtssystem in Bezug auf die Massenmorde bzw. den Völkermord in Auschwitz, Treblinka, Sobibor, Bergen-Belsen und anderswo so liberal, dass die, die dort waren und beteiligt waren, wie auch immer – nicht belangt werden. Und er setzte ein Verfahren in Gang gegen John Demjanjuk oder Iwan den Schrecklichen, wie sein Spitzname gewesen sein soll. Der wurde in München wegen Tatbeteiligung als Hilfswilliger der SS zu fünf Jahren Gefängnis verurteilt.

Im Zuge dieser Geschichte wurde recherchiert, dass der Angeklagte in Auschwitz war, Unterscharführer der SS. Er war verantwortlich für bis zu 40 SS-Männer, über zwei Jahre lang. Besaß das Verwundeten-Abzeichen, Kopfverletzung an der Front. Im Verfahren sagte er aus, er hätte nie in die SS gewollt, seine Stiefmutter hätte ihn dazu gedrängt. Auch hätte er einen Brief für einen Juden an dessen Verwandten aus dem Lager geschmuggelt. Zu den Morden könne er nichts sagen.

Aus der ganzen Welt wurden Zeugen ins Gericht geladen, Überlebende. Sie berichteten von den Bedingungen im Lager, vom massenhaften Tod – der Angeklagte zeigte keine Reaktion. Das ging jetzt schon monatelang. Quälend für die Überlebenden, die ihre traumatischen Erinnerungen zu Protokoll gaben. Schweigen auf der anderen Seite.

Seine Freunde hatten ihn nicht vergessen, die alten Kameraden besuchten ihn zu Hause. Die, die nicht mehr laufen konnten, sprachen ihm am Telefon Mut zu. Und er schwieg im Gericht, starrte vor sich hin, vermied den Augenkontakt und saß irgendwann im Rollstuhl, zusammengesunken. Ein bemitleidenswertes Häufchen Elend.

An den Prozesstagen saß auch die junge Frau im Saal und hörte zu, vernahm, dass der Verteidiger Freispruch forderte – seinem Mandanten seien keine Morde nachzuweisen. Wie denn auch, wenn alle ermordet wurden, die irgendwas hätten bezeugen können, dachte sie. So langsam gingen ihr die Urlaubstage aus, die ihr zustanden im Labor des großen Tee-Unternehmens. Sie musste die Qualität der einzelnen Rohstoff-Lieferungen kontrollieren sowie aus der laufenden Produktion Proben nehmen, um die beständige Qualität gewährleistet zu sehen. Ein interessanter Job – zu Beginn. Mit der Zeit wurde es aber Routine und sogar langweilig. Mit den Kollegen hatte sie wenig zu tun, zumindest mit denen aus dem Büro.

Sie beschäftigte sich immer mehr mit dem Thema des Prozesses, vermied es jedoch, mit den Kollegen darüber zu reden. Diese sprachen schon darüber, immerhin war der Prozess ein großes Thema in der Gegend und Journalisten kamen aus der ganzen Welt, um zu berichten. Ein historischer Prozess in Deutschland sicherlich – während einige Kollegen sich abfällig äußerten. Warum sollte man nach so langer Zeit dem alten Mann dies alles zumuten? Ins Gefängnis käme der sowieso nicht mehr. Ein anderer sprach in einer hitzigen Situation sogar von einem Schauprozess.

Die Wut und die Empörung schnürten ihr den Hals zu, gleichzeitig schämte sie sich, aber sie sagte nichts. Die Leidensgeschichten, die sie im Gerichtssaal hörte, beschäftigten sie immer mehr. Nachts schreckte sie auf. Sie hörte Details darüber, wie es ist, wenn ein Mensch verhungert. Eine Stunde dozierte der Mediziner von der Uni Münster. Ein anderer sprach eine Stunde über die Wirkung des Giftes Zyklon B. Er sprach von den Sterbenden, die über die anderen Sterbenden kletterten in Todesangst, weil das Giftgas zu Boden sinkt, um dann langsam bis an die Decke zu steigen, wo sich die Kräftigsten noch kurz hielten, bevor auch sie qualvoll starben. Sie konnte an nichts anderes mehr denken, sie sog diese grauenhaften Details auf und wurde immer verzweifelter. Sie sah den Angeklagten, der alles regungslos über sich ergehen ließ. Sie kannte das Dorf in der Nähe, von wo er kam. Sie wusste, dass er im Landhandel gearbeitet hatte. Mit Korn und Saatgut – und mit Pflanzengift. Was mochte in dem Mann vorgegangen sein, in all den Jahrzehnten. Mit seinen Kindern, Enkelkindern.

Im Betrieb vernahm sie, dass es eine Gruppe junger Leute gibt, die sich als die neue Zukunft des Landes sehen. Dort ging sie hin, am Anfang ab und zu, dann regelmäßig. Dort wurde diskutiert, sie wurde geschätzt, weil sie gut informiert war, weil sie vom Prozess berichten konnte. Die anderen gingen dort nicht hin. Sie wurde zu einer kleinen Spezialistin und wenn es privat wurde in der Gruppe, zum Beispiel beim Grillen oder bei gemeinsamen Fahrrad-Ausflügen, dann konnte sie sich vorstellen, wie ein normales Leben aussehen könnte. Aber wenn dann alle Strophen der Nationalhymne gesungen wurden, wurde ihr mulmig, aber sie ließ sich nichts anmerken.

Kurz nach Pfingsten war das Event am Upstalsboom angesagt. Sie mochte ihre Heimat – ja, sie mochte auch die gerne etwas übertrieben angesetzte Rhetorik der friesischen Freiheit. Es gibt ja gute und schlechte Übertreibungen, dachte sie und lächelte. In solchen Momenten hatte sie durchaus Humor. Nun war aber die Veranstaltung nach Pfingsten vom Eigentümer des Denkmals verboten worden, sie wusste natürlich warum. Aber eine Woche später ging es dann doch irgendwie, es wurde nicht mehr so genau hingeschaut. Dass die Veranstaltung allerdings dann so groß und radikal werden würde, hatte die Ostfriesische Landschaft dann doch unterschätzt. Obwohl der Staatsschutz gewarnt hatte, eigentlich alle Abteilungen aus Leer, Emden und Aurich.

Der Platz am Denkmal war voll, einige schwärmten, dass jetzt doch noch der Thingplatz entsteht – den die Nazis damals nicht durchsetzen konnten. Reden wurden gehalten und der Angeklagte, der Ehrengast, war der Held des Tages. Odin wurde angebetet oder zumindest angesprochen. Der Angeklagte stand auf eigenen Beinen, der Rollstuhl stand irgendwo in der Ecke und wurde nicht beachtet und offenbar auch nicht gebraucht. Die Stimmung war fast euphorisch, irgendwann alle Strophen der Nationalhymne.

Bis es dann geschieht. Die Innereien der frisch geschlachteten Sau wurden erwähnt, sie panikt in dieser Situation. Ihr wird übel und sie wird von der Freundin weggeführt. Inzwischen tritt der einsame Trompeter auf und spielt: Ich hatt' einen Kameraden, einen bessern findst du nicht, die Trommel schlug zum Streite, er ging an meiner Seite in gleichem Schritt und Tritt, eine Kugel kam geflogen, gilt's mir oder gilt es dir...

Sie klettert in den Team-Bus, sie weiß, wo die Instrumente für den Notfall liegen, unter dem Werkzeugkasten, neben dem Verbandskasten. Sie nimmt die Pistole, versteckt sie unter der schwarzen Jacke und geht zurück zum Platz. Bist du okay, ruft die Freundin ihr nach. Ja. Sie bahnt sich ihren Weg durch die singenden Menschen, geht ganz nach vorne, vorbei an Geri und Freki. Die beiden knurren sie an. Sie stellt sich vor den Angeklagten, der lauthals mitsingt. Sie zieht die Pistole, hält sie grade und fest und drückt ab, leert das ganze Magazin. Der alte Mann schaut überrascht, hält sich die Hand an die Brust, röchelt und sackt gerade in sich zusammen. Der Trompeter spielt nicht mehr, umstehende Männer stürzen sich auf sie, Geri und Freki preschen mit ihren Hundeführern dazu, die Hunde verbeißen sich sofort in ihre Beine. Sie schreit vor Schmerzen. Die Hunde können mit Mühe zurückgezogen werden. Ein Tumult, ein Geschrei, ein Gezerre. Es ist das Ende.

Der Upstalsboom

Der Upstalsboom liegt in Rahe, einem Ortsteil von Aurich. Der mittelalterliche Versammlungsort der freien Friesen hat eine historische und symbolische Strahlkraft, denn er steht für die Autonomie der Friesen. Die Friesische Freiheit war im Mittelalter, vom 11. bis zum 14. Jahrhundert, eine einzigartige Gesellschaftsform im Gegensatz zum übrigen feudalen Europa. Sie stand für den Bund selbstständiger Landesgemeinden an der friesischen Küste – den „Sieben Seelanden“. Deren frei gewählte Vertreter trafen sich am Dienstag nach Pfingsten, dem späteren Oll’Mai, am Upstals-

Im Mittelalter war der Upstalsboom ein Versammlungsort – dafür gibt es urkundliche Belege. Das Denkmal wurde 1833 errichtet.

boom, um Recht und Freiheit für alle Friesen sicherzustellen. Das Zitat des englischen Franziskaner Bartholomaeus Anglicus „Der Stamm der Friesen ist nach außen frei, keinem anderen Herrn unterworfen", datiert auf 1240 und beschreibt die Besonderheiten der Friesischen Freiheit: keine Heerfolge, Recht auf Eigentum, politische Mitbestimmung und persönliche Freiheit.

Urkundlich belegt sind Treffen am Upstalsboom zwischen 1216 und 1231 sowie von 1323 bis 1327. In dieser Zeit entstand auch das Upstalsboom-Siegel (1324), das einen Durchmesser von zwölf Zentimetern hat. Dass der Upstalsboom über die Grenzen hinaus „wirkte", zeigt folgendes Beispiel: Die niederländische Stadt Appingedam hat anno 1327 ihren Gründungsbrief, den sogenannten „Buurbrief", am Upstalsboom erhalten. Darauf geht die bis heute lebendige Städtepartnerschaft von Aurich und Appingedam zurück. Die Ostfriesische Landschaft repräsentiert in der Rechtsnachfolge der Landstände, die sich 1464 zusammenfanden, die Idee der Friesischen Freiheit. Darauf verweist auch das Wappen der Ostfriesischen Landschaft von 1678: Es zeigt einen Friesen in Rüstung am Upstalsboom. Kaiser Leopold I. verlieh der Ostfriesischen Landschaft dieses Wappen als Hoheitszeichen.

Selbst nach dem Ende der Friesischen Freiheit blieb der Upstalsboom über Jahrhunderte symbolträchtig. Die Auseinandersetzungen zwischen den Landständen und den Grafen von Ostfriesland führten dazu, dass der Ort seit dem 16. Jahrhundert regelrecht verklärt wurde und sich daraus zunehmend der

Mythos der Friesischen Freiheit entwickelte. Im Jahre 1833 entstand dann die Pyramide auf dem einstigen Grabhügel – errichtet von der Ostfriesischen Landschaft. 1894 wurde eine Tafel an dem Denkmal angebracht: „Auf der Versammlungsstätte ihrer Vorfahren, dem Upstalsboome, errichtet von den Ständen Ostfrieslands, im Jahre 1833".

Die Pläne der Nationalsozialisten, den Upstalsboom zu einer germanischen Kultstätte zu erklären, scheiterten, weil sich die Ostfriesische Landschaft als Eigentümerin des Geländes dagegen verwehrte. Im 21. Jahrhundert haben der Upstalsboom und der Mythos von der Friesischen Freiheit eine besondere Öffentlichkeit gefunden: Seit 2009 finden sich an der A 28 bei Filsum und der A 31 bei Neermoor zwei markante Autobahnschilder mit dem Hinweis „Ostfriesland – Friesische Freiheit", auch die Upstalsboom-Pyramide ist darauf zu sehen.

Archäologische Funde belegen, dass die besagten Versammlungen auf dem Grabhügel einer hochgestellten Familie aus dem späten 8. und 9. Jahrhundert stattgefunden haben. Gefunden wurden dort unter anderem ein Damaszener-Schwert und eine 1,9 Zentimeter lange, sogenannte Millefiori-Glasperle aus dem Vorderen Orient – ein Beleg für die Fernhandelsbeziehungen der Friesen im Frühmittelalter; diese Funde sind im Historischen Museum in Aurich zu sehen. Übrigens: „Upstal" steht begrifflich für ein eingezäuntes Flurstück, „Boom" für Baum, Pfahl oder Schlagbaum. Somit kann das Wort „Upstalsboom" als ein gemeinschaftlich genutzter Weidegrund verstanden werden.

„Eine kleine Wegstunde südwestlich von Aurich befindet sich die uralte Malstätte der Friesen …", heißt es in einer Erzählung vom „Upstallsboom", die der Volkskundler Will-Erich Peuckert aufgeschrieben hat. *„Hier kamen in der Pfingstwoche eines jeden Jahres die Abgeordneten des ganzen Landes zusammen, um unter Gottes blauem Himmel, beschattet von gewaltigen Eichen, das Wohl des Vaterlandes zu beraten. Die Ankommenden*

„Auf der Versammlungsstätte ihrer Vorfahren, dem Upstalsboome, errichtet von den Ständen Ostfrieslands, im Jahre 1833", lautet die Inschrift auf der steinernen Tafel.

begrüßten sich mit kräftigem Handschlag und mit den Worten: Eala frya Fresena! Dann ließen sie sich im Schatten der ehrwürdigen Eichen auf die Rasenbänke nieder. Einer der Priester trat in ihre Mitte und sandte ein Gebet für des Vaterlandes Wohl zum Himmel empor. Darauf begannen die Beratungen über Krieg und Frieden, über öffentliche Wohlfahrt und innere Ruhe sowie über Streitigkeiten der Eingesessenen …"

Sagenhafter Ort: Kloster Ihlow

Silke Arends

Liebfrauenbettstroh

„Nur Tugend ist wahre Schönheit, und Schamhaftigkeit ist die schönste Zierde meines Geschlechtes.

Die jugendliche Gestalt vergeht und welket dahin wie eine Blume, und ein schönes Kleid bedeckt nicht meine Fehler.

Dir zu gefallen, o Gott, sei daher mein erstes Bestreben.

Erleuchte mich, o Gott, daß ich deinen Willen erkenne und mit treuem Herzen befolge.

Bewahre mich vor dem ersten Fehltritte, ach, er würde nicht der letzte sein.

Wenn mein Vergehen auch vor der Welt geheim bliebe, dir, o Gott, ist nichts verborgen.

Du weißt die Sünden, welche bei Tag begangen werden, und auch jene, die in den Schleier der Nacht gehüllt sind.

Erwecke also in mir einen Abscheu gegen alles, was mich vor mir selbst und vor deinen reinsten Augen schamrot machen würde, damit ich in allem den Tempel des heiligen Geistes, meinen Leib heilig halte und nicht entehre.

Heilsame Furcht durchdringe meine Seele und das Andenken an das Ende aller irdischen Freuden schrecke mich vor dem Abgrunde zurück, wohin mein Leichtsinn mich stürzen könnte …"

Margareta hielt inne und blickte verstohlen über ihre Schulter. Das Geräusch raschelnder Blätter näherte sich und die beiden Enten, die bis gerade noch am Rand des Tümpels gehockt und ihre Köpfe vertrauensvoll unter ihren Flügeln verborgen hatten, stoben schlaftrunken ins Wasser.

Der junge Mann, der sich neben Margareta im Gras niederließ, erschien ihr nicht unsympathisch. Wenn sie einmal davon absah, dass er sich ungebeten zu ihr gesellt hatte. Er hatte ein freundliches Gesicht, helle Augen und dichtes Haar. Margareta setzte sich auf und ließ ihre „Himmlische Gnadenquelle“, das kleine Gebet- und Andachtsbuch, das sie immer bei sich trug, neben sich ins Gras gleiten.

Dann rückte sie ein wenig von dem Fremden an ihrer Seite ab – ein wenig, denn Zurückhaltung und Höflichkeit waren ihr ebenso eigen wie Besonnenheit.

„Ich bin Christoph. Ich mache hier Urlaub. Ist ja schon echt ein spannender Ort hier. Wenn man sich das alles mal so reinzieht, was hier früher so alles passiert ist. Das mit dem Kloster und dem dazugehörigen Personal und so.“

Christoph zog ein glänzendes Zigarettenetui aus seiner Jackentasche, ließ es mit einer lässigen Handbewegung aufschnappen und forderte sie mit einem genüsslichen Nicken auf, zuzugreifen.

Doch noch ehe Margareta dankend ablehnen konnte, klappte er das Etui zu und ließ es wieder in der Tasche verschwinden.

„Hätte ich mir ja beinahe denken können, dass das nichts für dich ist. Obwohl die meisten Mädels, die ich so kenn, rauchen mehr als ich. Und das sind nicht wenige – also die Mädels, meine ich!“

Margareta richtete sich auf und bemühte sich um ein Lächeln, ein Lächeln, das sie sogleich als lächerlich empfand, ein Mienenspiel, für das sie sich im Nu zu schämen begann.

Christoph zog bedeutungsschwer an seiner Zigarette und blies den Rauch weit von sich. „Wenn ich irgendwo hinreise und Urlaub mache, dann will ich auch mal was mit Kultur und so machen.

Deshalb hab ich gerade da hinten in dem Klosterkeller diesen Stein mitgehen lassen – krass, oder? Guck nicht so! Hat keiner gemerkt! Vorher hab ich mir für mein Karma im

Kloster-Shop so eine Figur gekauft – die heißt so ähnlich wie ich! Christophorus oder so. Der hat doch tatsächlich das Jesuskind auf der Schulter sitzen. Krass, oder?

Auf jeden Fall ist das ein echter Heiliger. Da hab ich auch gleich die große Figur genommen, fast 18 Euro hat das Ding gekostet. Aber was soll's. Die Figur schenk ich meiner Mutter. Das ist dann echt ‚winwin' – fürs Karma, meine ich."

Die beiden Enten, die Christoph bei seinem Erscheinen ohne sein Wissen verscheucht hatte, gründelten indessen mit Hingabe nach Nahrung.

Beharrlich senkten sie ihre Köpfe und Hälse unter die Wasseroberfläche, auf der sich an einigen wenigen Stellen das Licht der späten Nachmittagssonne brach. In den Baumkronen ringsum spielte leise der Wind.

Ein zauberhaftes Bild an einem geradezu magischen Ort, dachte Margareta. Ihr kamen die ersten beiden Zeilen ihres Gebetes wieder in den Sinn.

„Nur Tugend ist wahre Schönheit, und Schamhaftigkeit ist die schönste Zierde meines Geschlechtes …"

Sie sehnte sich zurück nach jener inniglichen Einkehr, die sie vor weniger als einer Viertelstunde noch verspürt hatte und sie ersehnte sich Ruhe, denn sie hatte ihr Gebet noch nicht zu Ende gelesen.

Erst das, so wusste sie, verhieß ihr unter Gottes freiem Himmel so etwas wie Seelenfrieden.

Christoph, der sich eine weitere Zigarette angezündet hatte, war offenbar ihren Augen gefolgt und zeigte auf das unermüdliche Entenpaar.

„Da haben wir's. Köpfchen in das Wasser, Schwänzchen in die Höh'.

Wenn wir hier schon so schön zusammensitzen, kannst du mir doch bestimmt sagen, wo man sich hier auch mal richtig amüsieren kann. Also ‚Mann', meine ich, mit Doppel-N, du weißt schon!"

Margareta atmete tief ein und aus – dabei vermied sie es, dass der Mann neben ihr diesen tiefen Atemzug vernahm, dass er gewahr wurde, dass sich ihre Brust zitternd hob und senkte.

„In stiller Sanftmut und vollkommener Ergebung in deinen heiligen Willen will ich geduldig Verkennungen, Kränkungen und Demütigungen erkennen …", betete sie im Stillen und berührte dabei leicht den Einband jenes Büchleins, das sie seit ihrer Firmung bei sich trug, seit jener Stunde, als sie das einmalige Sakrament empfangen hatte, das sie mit der Kraft des Heiligen Geistes beschenkte.

Christoph schnippte seine Zigarettenkippe in Richtung der Enten, verschränkte die Arme hinter seinem Kopf und legte sich lang ins Gras.

Margareta indes nutzte den Moment, ein weiteres Stück von ihm abzurücken.

„Wusstest du, dass die Mönche früher reihenweise so ein Kraut geschluckt haben, damit sie nicht – na, du weißt schon …" Er zwinkerte ihr zu.

„Ob die Pfaffen das hier auch gemacht haben? Hier wächst das Zeug ja nicht – oder? Mönchspfeffer oder so heißt das. Angeblich haben die Frauen das auch genommen – damit sie nur ihren lieben Gott lieben. Ist doch die reinste Verschwendung, oder?", grinste Christoph.

„Liebfrauenbettstroh", dachte Margareta und schluckte, Hitze stieg in ihr auf.

Sie wusste, er hatte recht. *„Wer sich auf das Kraut Agnus castus bettet, wird selbst keusch und schamhaft. So wird auch dein Herz von jedem Makel und böser Lust gereinigt, wenn es im Heiland ruht, dem wahrhaft reinen und makellosen Lamm"*, hatte schon Franz von Sales, der Genfer Kirchenlehrer, vor beinahe 450 Jahren in seinem Büchlein „Philothea" vermerkt – im 13. Kapitel, jenem Kapitel, das sich der Bewahrung der Keuschheit verschrieb.

„Bist du etwa auch so eine? Kann nicht sein, oder?"

Christophs Grinsen hatte sich mittlerweile mit Hohn gepaart.

Margareta schoss die Schamesröte ins Gesicht, wieder tastete sie nach ihrem Gebetbüchlein. *„Erwecke also in mir einen Abscheu gegen alles, was mich vor mir selbst und vor deinen reinsten Augen schamrot machen würde, damit ich in allem den Tempel des heiligen Geistes, meinen Leib heilig halte und nicht entehre …"*, betete sie ohne Laut.

Angst stieg in ihr auf. Auch dafür schämte sie sich. Ihre Eltern hatten ihr den Namen Margareta nach der geweihten Jungfrau und Märtyrerin Margareta von Antiochia gegeben. Der Legende nach war die Tochter eines heidnischen Priesters von einer christlichen Amme erzogen worden und hatte ihrem Glauben nicht entsagt, obwohl ihr ein Richter angedroht hatte, sie mit Fackeln versengen zu lassen. Margareta schauderte. Der Richter hatte sie begehrt, aber sie hatte ihn abgewiesen und war enthauptet worden.

Für Margareta war es ein göttlicher Fingerzeig, als man vor einigen Jahren bei Ausgrabungen am Kloster Ihlow eine kleine Tonfigur der heiligen Margareta von Antiochia, ihrer Namensgeberin, im Bereich der einstigen Klausur fand. Warum sonst hatte sie sich immer wieder von diesem Ort so angezogen gefühlt?

Mit nervösem Schnattern flogen plötzlich die Enten vom Tümpel auf und Margareta hörte den Fremden wieder neben sich schwadronieren.

„Was denn nun? Bist du etwa auch so eine, die nur den

lieben Gott liebt? Kann echt nicht sein, Süße, oder?"

Erst jetzt fiel Margaretas Blick auf jenen Backstein, den der Mann neben ihr zweifelsohne aus dem „Raum der Spurensuche" hatte mitgehen lassen, der Krypta unterhalb der imaginierten Kirchensilhouette. Dort, wo sie jeden Freitag am Ihlow-Gebet teilnahm – so auch heute. Im Anschluss.

Klosterformat, dachte sie, hob den Blick und sah dem Mann neben ihr erstmals unverwandt ins Antlitz. Doch der Mann neben ihr hatte die Augen geschlossen, eine Kippe im rechten Mundwinkel, ein feistes Grinsen im Gesicht und tatsächlich die Figur des heiligen Christophorus in beiden Händen – auch noch in jenem Moment, als der wuchtige Stein, im Mittelalter von Mönchen geschaffen, seinen Schädel spaltete.

Hätte der Mann neben ihr doch nur Augen für den heiligen Christophorus gehabt, dachte Margareta. Allein Augen für ihn, Christophorus, den Schutzheiligen der Reisenden, Christophorus, den Nothelfer gegen einen unvorbereiteten Tod.

Ihlow und das Irrlicht

Um 1228 wurde acht Kilometer südlich von Aurich das Zisterzienserkloster „Schola Dei“ (Schule Gottes) gegründet. Es galt als eines der bedeutendsten Klöster im niederländisch-nordwestdeutschen Raum. Die Ihlower Äbte hatten seinerzeit wichtige Funktionen in Politik, Kultur und Religion – so fungierten sie unter anderem als Friedensrichter. Mit der Reformation kam im Jahre 1529 das Ende des Klosters, das sich von da an im Besitz der Grafen Enno II. (1505–1540) und Johann I. (1506–1572) aus dem Hause Cirksena befand. Die Mönche hatten ihre Wirkungsstätte

Links: Blick auf die Klosterstätte Ihlow mit der Teilkonstruktion der einstigen Zisterzienserabtei. Oben: Der Altar im „Raum der Stille".

zu verlassen, die Vasa sacra wurden verkauft und das Kloster-Archiv aufgelöst – dabei gingen wertvolle Dokumente zur ostfriesischen Geschichte verloren. Den prächtigen Altar der Klosterkirche und die Orgel ließ Enno II. in die Schlosskapelle nach Aurich bringen; Ulrich II. (1605–1648) übergab das spätgotische Antwerpener Retabel hundert Jahre später der Lambertikirche in Aurich. Zwischen 1608 und 1612 ließ sich Enno III. (1563–1625) auf dem Klosterareal ein kleines Jagdschloss errichten, denn das Gelände, auf dem sich auch das Gestüt der ostfriesischen Grafen befand, war indessen zum beliebten Jagdrevier avanciert. Nachdem Ostfriesland im Jahre 1744 Preußen zugefallen und das Schloss-Inventar auf Geheiß von Friedrich II. (1712–1786) in Berlin veräußert worden war, wurde das Gebäude 1763 abgerissen.

Das einstige Klostergelände präsentiert sich heute auf einmalige Weise, denn mitten im Wald erhebt sich eine Teilrekonstruktion der früheren Zisterzienserabtei. Die Pfeiler, das Gewölbe sowie der Dachreiter (in 45 Metern Höhe) sind aus Stahl und Holz nachgebaut worden und vermitteln so einen Eindruck des einst so imposanten, dreischiffigen Sakralbaus, der aus einem Langhaus und einem Querhaus bestand. Im Fundament war die Kirche mehr als 68 Meter lang, im Querhaus 35 Meter und im Langhaus 24 Meter breit. In einem unterirdischen Raum sind heute archäologische Grabungsfunde ausgestellt – unter anderem eine vier Zentimeter große Figur des heiligen Christophorus mit dem Jesuskind auf der Schulter aus dem späten 15. Jahrhundert; ein einzigartiger Bodenfund für Nordwestdeutschland und darüber hinaus. Zugleich ist dieser „Raum der Stille" eine Stätte der inneren Einkehr – auch finden dort regelmäßig Andachten statt. An die Südseite der Anlage schließt sich der Klostergarten an. Hier grünen und blühen Stauden, Blumen, Büsche und Kräuter. Die Klosterstätte Ihlow ist das ganze Jahr über frei zugänglich – unter anderem werden dort die Ihlower Klostertage veranstaltet. Sie ist auch Startpunkt für Touren auf dem Pilgerweg „Schola Dei".

Mehrere Erzählungen ranken sich um den Ihlower Wald und das Kloster. Denn *„dieser Forst ist schon so alt, als Methusalem, und ist zuvor dort, wo er jetzt steht, eine sumpfige, schilfbewachsene, große Wiese gewesen. Da nun Schilf nicht anders denn Ihlen heißt hier zu Lande, so haben die in der Gegend wohnenden Eingeborenen den ersten Mönch, welcher dort einsiedlerisch seine Hütte errichtet und darin gewohnt* *hat, ‚de hilge Mann up't Ihlstück' genannt. Daher noch jetzt in der Umgegend der Forst nicht anders denn Ihl heißt*“, lautet es in Friedrich Sundermanns Sage zu „Ihlow“ – in der auch eine Weiße Frau eine schaurige Rolle spielt. In seiner Überlieferung „Das Irrlicht“ hingegen kommt es immer wieder zu einer völlig anderen Erscheinung: *„An der Südwestseite des Forstes ist ein großer, jetzt bereits verwachsener Sumpf. In dem zeigt sich in stürmischen Nächten ein großes Irrlicht. Dieses ist aber kein gewöhnliches Irrlicht, sondern ein Straf-Irrlicht Gottes. An dem Orte aber, wo das Licht erscheint, ist früher ein Teich und noch früher ein Hügel gewesen. Und auf dem Hügel stand eine Capelle, bevor ein Kloster im Forste war, und zu dieser Capelle mußten alle Christenseelen der Umgegend, auch die jungen Mägdlein, ziehen, um allda zu beten und zu beichten. Der Capellan aber war ein feister Pfaff, dem die frischen Jungfrauen weit mehr in die Augen stachen, als Meßgewand und Scapulier. Und er that Uebels an ihnen. Da geschah es, daß sein Sündenmaß voll wurde, und daß sich der Boden öffnete und ihn mitsammt Hügel und Capelle in einer schrecklichen Nacht verschlang. Und damit Gottes Strafgericht und nicht etwa die schlechte Bodenart daraus zu erkennen sei, schwebt seit jener Nacht das Irrlicht über der Stelle.*“

Ein bemerkenswerter Fund gelang den Archäologen 2004 bei Ausgrabungsarbeiten im Bereich der ehemaligen Klosterkirche: Diese nur vier Zentimeter große Figur aus vergoldetem Silber zeigt den heiligen Christophorus mit dem Jesuskind auf der Schulter.

Sagenhafter Ort: **Wilde Äcker**

Usch Luhn

Auf den Wilden Äckern

Alles begann mit diesen alten Knochen. Ingeborg fand sie, als sie den Gemüsegarten umgrub.

Sie lag fast jede Nacht wach, seit sie in dem neuen Haus wohnten und schließlich ging sie zu Toms Hausarzt Menno Jannsen. Der empfohl ihr mehr Bewegung, viel frische Luft. Aber da Ingeborg unsicher auf dem Fahrrad war und auch joggen nicht zu ihren Lieblingsbeschäftigungen zählte, entschied sie sich für Gartenarbeit.

Sie stellte sich vor, wie sie das erste selbst gezogene Gemüse ernten und daraus für Tom einen köstlichen Auflauf zubereiten würde. Das gab ihr Kraft, den schweren Boden zu beackern, auch wenn ihr der Schweiß von der Stirn tropfte.

Tom und Ingeborg hatten sich in der Kur kennengelernt, in den Schweizer Alpen.

Dort war Ingeborg aufgewachsen und sie hätte sich vorher nie vorstellen können, dass sie irgendwann einmal nach Deutschland ziehen würde. Aber als sie die erste Nacht mit Tom verbracht hatte, wusste sie, dass sie ihm überall hin folgen würde. Selbst an die kalte Nordsee. Kühl und windig, kein Flocken Schnee. So hatte sie ihr neues Zuhause in den ersten Monaten erfahren. Es war aber trotzdem sehr gemütlich gewesen, beinahe kuschelig, denn sie hatten in den ersten Wochen in seiner winzigen Mietwohnung gelebt und in seinem schmalen Bett geschlafen.

Aber dann bekam Tom diesen neuen Job als Verlagsvertreter und nahm wagemutig einen Kredit auf – für ihr gemeinsames Haus am Rande der Wilden Äcker.

Leider musste Tom nun viel mehr arbeiten als zuvor. Und seit er ein neues Gebiet dazubekommen hatte, das er bereisen musste, war er oft tagelang unterwegs und Ingeborg blieb allein zu Hause. Für einen kurzen Augenblick hatte sie Zweifel an ihrer Beziehung bekommen. Schließlich kannte sie in der fremden Gegend niemand und einen Job als Altenpflegerin bekam sie auch nicht.

Die Alten mochten ihren Schweizer Dialekt nicht und sie verstand keine Silbe Plattdeutsch, auch wenn Tom ihr extra eine App auf das Handy lud. Aber gerade als sie den ersten Koffer gepackt hatte, um sich zurück in die vertrauten Schweizer Berge zu flüchten, hatte Tom ihr einen Heiratsantrag gemacht.

Mit Champagner, Rosen, Kniefall – wie im Fernsehen oder sogar noch schöner.

„Ich habe mich vom ersten Moment an in deinen Namen verliebt", gestand er ihr. „Ingeborg. Es gibt keinen schöneren für mich." Ingeborg musste heftig weinen. Immer war sie in der Schule wegen ihres Namens gehänselt worden und dann sagte Tom so etwas Wunderbares zu ihr. „Ja, ich will", schluchzte sie.

Den Champagner musste sie später alleine trinken, denn Tom bekam einen Anruf seines Chefs. Sein Kollege und Mentor Fokko Ukena hatte eine Darmgrippe und Tom sollte für ihn einspringen.

„Noch ein Gebiet mehr", strahlte Tom. „Du verstehst das doch. Wir beide haben ein langes gemeinsames Leben vor uns. Diese Chance darf ich mir nicht entgehen lassen. Ukena ist ohnehin reif für die Rente. Der Trottel hat seine beste Zeit hinter sich. Ich will der neue Kronprinz werden."

Nach einem flüchtigen Kuss war er in seinen nagelneuen schwarzen Dienstwagen gesprungen und hupend davongebraust. Eine ganze Woche blieb er fort. Und genau in dieser Woche hatte Ingeborg die Knochen gefunden.

„Ossa antebrachii", sagte Menno Jannsen, der nach ihrem aufgeregten Anruf tatsächlich selber vorbeigekommen war.

„Teile eines Unterarmknochens“, übersetzte er den lateinischen Begriff, als sie ihn fragend anschaute.

„Vielleicht Ulna oder Radius – Elle oder Speiche. Mensch, Mädchen. Hast du das nicht gelernt in deiner Ausbildung? Du bist doch vom Fach!“

Ingeborg kam ins Stottern, als sie antwortete. Anatomie war nie so ihr Ding gewesen, die Obduktion, an der sie teilnehmen sollte, hatte sie sogar geschwänzt. Sie fühlte sich bei den Lebenden wohler, Tote jagten ihr Angst ein. „Ist hier jemand ermordet worden?“, fragte sie mit zitternder Stimme. „Soll ich die Polizei rufen?“

Menno Jannsen lachte herzlich. „Mach dich nicht lächerlich, Mädchen. Hier wimmelt es doch überall von Leichen.“ Er schaute auf seine Uhr. „Teezeit. Ich könnte einen kräftigen Schluck gebrauchen.“

Bei Tee und Gebäck klärte der Hausarzt die ahnungslose Ingeborg auf, was es mit den Knochen in ihrem Gemüsegarten auf sich hatte.

1427 hatte es auf den Wilden Äckern einen großen Kampf gegeben. Bis zu 4000 Ostfriesen waren damals getötet worden. Die blutige Schlacht, die der junge Häuptling Ocko II. tom Brok gegen seinen ehemals besten Freund und Vormund Focko Ukena führte, hatte mehrere Tage gedauert. Schließlich wurde Ocko von Ukena gefangen genommen und in Leer eingesperrt. Ockos Frau Ingeborg flüchtete und starb ein paar Jahre später einsam. So wie Ocko.

„Blutjunge Dinger“, seufzte Menno Jannsen. „Ocko war so ein größenwahnsinniger Angeber, wollte immer mehr Besitz raffen und die anderen Häuptlinge ausbooten. Ocko hat seine Ingeborg mit 19 Jahren geheiratet, sie auch nicht viel älter, schon lange Waise. Jammerschade um die beiden. Nicht mal dreißig wurden sie. Dabei hat sich Ukena so rührend um Ocko gekümmert.“

Ingeborg hörte dem Arzt fassungslos zu. „Ocko tom Brok und Ingeborg? Die hießen ja fast so wie Tom und ich! Ist Tom ein Nachfahre dieses Häuptlings?“

Jannsen lachte wieder herzlich und schlürfte seinen Tee. „Das wäre was. Nein, die beiden hatten keine Kinder, Ockos Linie starb aus. Man erzählt sich, dass Ingeborg ihr Kind verlor, aus Kummer.“ Er nickte bedeutungsschwer. „Fruchtbarer Boden“, sagte er und zeigte auf ihren Gemüsegarten. „Viele Tote, lässt die Kartoffeln gut wachsen. Grab die Knochen einfach wieder unter.“ Er bedankte sich für den Tee und fuhr davon.

In dieser Nacht ging Ingeborg erst gar nicht zu Bett. Sie suchte im Internet nach Informationen über diesen Ocko tom Brok. Ihr Verlobter hieß Tom Brok. Brok mit einem O. Ingeborg konnte einfach nicht an einen Zufall glauben.

Zu viele Charakterzüge von Ocko tom Brok entsprachen dem Charakter ihres Zukünftigen. Sie selber hieß ja auch noch Ingeborg. Hatte Tom nicht gesagt, dass er sich zuallererst in ihren Vornamen verliebt hatte? Sie schaute nachdenklich hinaus auf das dunkle Feld.

Gerade tauchte der Mond hinter den dicken Regenwolken auf, als Ingeborg die fremde Frau sah. Sie trug nur ein dünnes knielanges Nachthemd, so war der hochschwangere Bauch unter dem weißen Kleid gut zu erkennen. Die Frau trug ihr langes gewelltes Haar offen und als Ingeborg zum Fenster trat, um genauer sehen zu können, erkannte sie, dass die Frau barfuß war.

Ingeborg zögerte keinen Moment. Sie schlüpfte in die Gummistiefel an der Tür, schnappte sich ihr Handy und rannte hinaus auf den Acker.

„Hallo!“, rief sie. „Geht es Ihnen gut? Kann ich Ihnen helfen? Soll ich einen Krankenwagen rufen?“ Sie hörte die Frau „Das Kind, rette das Kind“, wimmern.

Im selben Moment drehte sie sich um und sah Ingeborg

an. Ingeborg erschrak zu Tode, als sie in das Gesicht der Fremden blickte. Die linke Gesichtshälfte fehlte, das heißt, sie bestand nur aus Fleisch und rohen Knochen und aus ihren Augen quollen weiße Maden.

Ingeborg schrie panisch auf und stürzte auf die dunkle Scholle. Über ihr tauchten durchsichtige Gestalten in Ritterrüstungen auf, sie flogen durch die Luft, hieben sich mit Schwertern die Köpfe ab und spielten damit Kegel.

Ingeborg wachte erst im Krankenhaus wieder auf.

Tom saß an ihrem Krankenbett und hielt ihre Hand. „Was machst du denn für Sachen, Süße?“, rief er und zog sie an sich.

„Da war eine Frau“, stammelte sie. „Sie war schwanger. Aber sie war schon tot. Überall Leichen ...“

Bevor Tom antworteten konnte, kam der Stationsarzt in das Krankenzimmer.

„Das ist ja schön“, rief er überschwänglich. „Ausgeruht? Das nächste Mal schlafen wir aber schön zu Hause in unserem Bettchen. Nachtspaziergänge sind erstmal nicht mehr erlaubt, jedenfalls nicht bis der Nachwuchs da ist. Versprochen?“ Er zwinkerte ihr verschwörerisch zu.

„Du brauchst dir wirklich keine Sorgen machen“, sagte Tom später, als er Ingeborg nach Hause fuhr. „Der Arzt hat mir versichert, dass Halluzinationen bei Schwangeren zwar selten sind, aber doch ab und zu vorkommen.

Warum hast du mir denn gar nicht erzählt, dass ich Vater werde? Das ist doch das Schönste auf der ganzen Welt. Die Tom-Brok-Linie pflanzt sich fort. Ist das nicht wunderbar?“ Er legte seine Hand auf ihren Schoß.

„Jetzt müssen wir wirklich schnell heiraten. Aber vorher muss ich noch Ukena killen. Er will Krieg. Kann er haben. Ich muss mir gut überlegen, wie ich ihn am besten ausbooten kann. Er kommt morgen zum Abendessen, um mir die Leviten zu lesen, der Schwachkopf. Kannst du uns was Schönes kochen?“ Er setzte sie zu Hause ab und fuhr gleich wieder los, in den Verlag zu einer sehr langen Sitzung.

Ingeborg konnte gar nicht glauben, dass sie schwanger war. Immer wieder schaute sie das Ultraschallbild an. Tom schien sich aufrichtig über das Kind zu freuen.

Aber was war mit Ukena? Mit dem Instinkt der Liebenden spürte Ingeborg, dass Tom in Gefahr war. Er war noch so jung und ungestüm. Glaubte Tom wirklich, dass er den Alten ausschalten konnte?

Ingeborg schüttelte den Kopf. Nein. Das würde er nicht schaffen. Genauso wenig wie Ocko tom Brok. Deshalb war nicht nur Tom in Gefahr, sondern auch sie und ihr Kind. Ihr ganzes zukünftiges Leben stand auf dem Prüfstand. Die Tote hatte sie gewarnt. „Rette das Kind!“, hatte sie gerufen. Genau das war nun ihre Aufgabe.

Ingeborg überlegte. Dann holte sie das Kochbuch hervor, das sie von ihrer Großmutter geerbt hatte. Es hieß „Handbuch der Schweizer Giftköchin“. Aufmerksam vertiefte sich Ingeborg darin. Sie würde Fokko Ukena eine Schweizer Spezialität auftischen, die er nicht überleben würde. Sie musste es nur geschickt anfangen, und es musste schnell gehen.

In ihrem Gemüsegarten war noch Platz genug für mehr Knochen, und die Kartoffeln würden sicher vorzüglich schmecken. Vielleicht musste ihr Tom dabei helfen, die Leiche unterzugraben. Für Schwangere waren schwere Arbeiten gefährlich.

Aber Tom würde ihr sicher gerne helfen, wenn sie ihm erzählte, was es mit dem Mord auf sich hatte, da war Ingeborg ganz sicher.

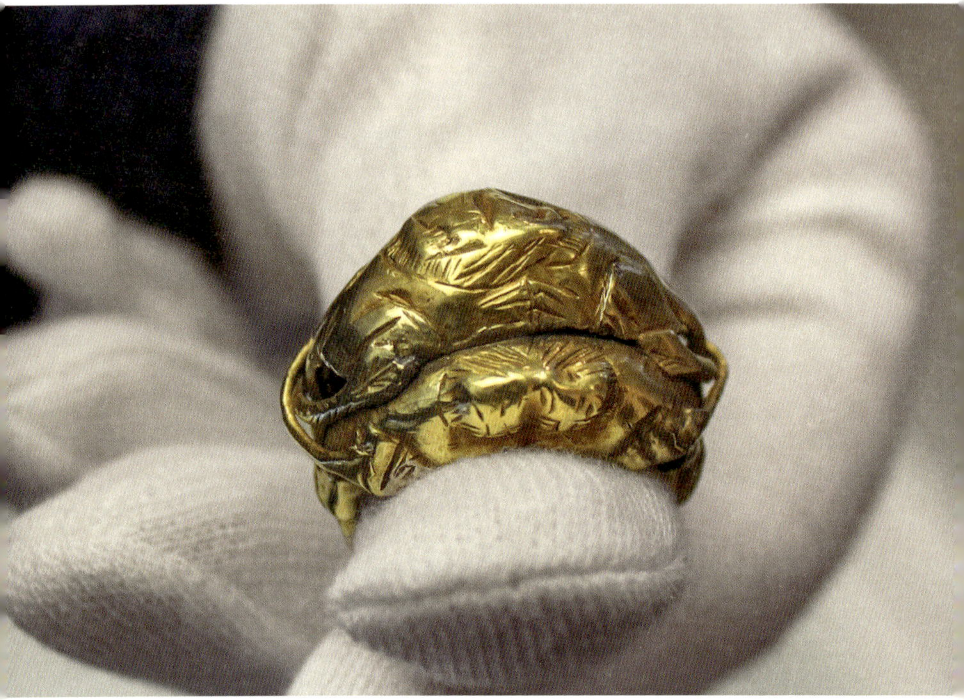

Die Schlacht auf den Wilden Äckern

Es ging um nichts weniger als das ostfriesische Landrecht und um die friesische Freiheit. Deshalb berichten die Annalen, dass bei der Schlacht auf den Wilden Äckern am 28. Oktober 1427 sage und schreibe 4000 Kämpfer ihr Leben verloren haben. Fakt ist: Das Häuptlingsgeschlecht tom Brok (historische Schreibweise) verlor die Schlacht und büßte damit seine Herrschaft über Ostfriesland ein. Bereits am 27. September 1426 hatte Häuptling Focko Ukena (um 1370–1436) seinen Widersacher Ocko II. tom Brok (1407–1435) in der Schlacht von Detern besiegt, um sich kaum ein Jahr

Dieses Schmuckstück gehört zum Fundus des Ostfriesischen Landesmuseums Emden: Der sogenannte „Löwenring", der um 1200 gefertigt worden ist, wurde im Jahre 1843 bei Straßenbauarbeiten im Bereich der Wilden Äcker gefunden.

später mit dem Bischof von Münster und weiteren Häuptlingen zusammenzutun – mit dem Ziel, die tom Broks endgültig zu entmachten.

Focko Ukena war mit seinen Kriegern auf dem sogenannten Wallpad ins Brookmerland gezogen. Ocko hatte sich indessen auf dem Marienhof (dem heutigen Marienhafe) verschanzt, hatte sich dann aber aus dem Schutz der Mauern begeben und war schließlich auf den Wilden Äckern mit Ukenas Heer zusammengetroffen. Die Schlacht endete mit seiner Gefangennahme und der Zerstörung seines Stammsitzes Olde Borg bei Engerhafe. Ocko und sein Halbbruder Itze wurden gefangen genommen und nach Leer verbracht; Ockos Frau Ingeborg (1405–1431) zog sich nach Schloss Donnerschwee bei Oldenburg zurück. Damit endete die Herrschaft der tom Brok über Ostfriesland. Auch für die Vitalienbrüder stellte die Schlacht ein Rückschlag dar, denn Ocko war ihr Verbündeter und Ostfriesland ihr Rückzugsraum gewesen.

Focko Ukenas Herrschaft indes währte nicht lange, denn die Bauern, denen er Freiheit versprochen hatte, wandten sich letztlich von ihm ab und schlossen sich den freiheitlichen Idealen der Cirksena an – die Häuptlingsfamilie führte die Opposition im Freiheitsbund der Sieben Ostfrieslande. 1431 floh Focko Ukena über Papenburg nach Münster, späterhin lebte er in den Ommelanden auf dem Sitz seiner zweiten Frau Ide. Dort verstarb er 1436. Anno 1453 übernahmen die Cirksena endgültig die Herrschaft über Ostfriesland.

Um 1845 wurden bei Straßenbaumaßnahmen im Bereich jenes Areals, wo seinerzeit die Schlacht stattgefunden hatte, Skelettfragmente und Pferdeknochen gefunden – vermutlich Relikte des damaligen Kampfgeschehens. An die Stätte der blutigen Auseinandersetzungen erinnert seit 1986 ein großer Stein – schließlich hat die Schlacht in der ostfriesischen Historie einen bedeutenden Platz. Und dann ist da noch die schaurige Überlieferung von der „Schlacht auf den Wilden Äckern": *„Focko Ukena wurde von klein auf in Kriegsdiensten erzogen und blieb dabei, bis er zu einem Manne herangewachsen war. In Stürmen und Schlachten zeigte er sich als ein ehrlicher und mannhafter Held. Wie Keno tom Broke, Ritter Ockos Sohn, so viele Ruhmestaten von ihm hörte, schloß er mit Focko einen Vertrag, sie wollten die Frieslande in ihre Gewalt bringen. Sie konnten sich indes bei Kenos Lebzeiten über die Beute nicht vertragen. Das mußte sein Sohn Junker Ocko tom Broke entgelten.*

Zwischen Weenhusen und Upgant auf den Wilden Äckern haben Focko Ukena und Junker Ocko tom Brok eine furchtbare Schlacht geschlagen. Lange Zeit wogte der Kampf hin und her, aber zuletzt erlangte Focko mit seiner Macht die Oberhand und gewann die Schlacht. Über viertausend Tote blieben auf beiden Seiten, und Ocko wurde in eigener Person gefangen. Als die Walstatt drei Tage lang bewacht war und niemand ihm begegnete, zog Focko Ukena mit seinen Verwandten und Freunden als Sieger ab und brachte Junker Ocko gefangen nach Leer, wo er sieben Jahre im Kerker saß.

Auf dem Platze, wo die Schlacht stattgefunden hat, ist es nicht ganz geheuer. Reisende, deren Weg nachts über das Schlachtfeld führte, haben oft gesehen, daß die Geister der Erschlagenen noch immerfort sich bekämpfen, und es soll ein schauerlicher Anblick sein. Mit Grimm und Wut, aber lautlos, schwingen die erschlagenen Krieger in fleischlosen Händen die Waffen, umfassen sich ringend mit knöchernen Armen und durchbohren einer den andern mit Schwert oder Spieß, bis das Morgengrauen die Spukgestalten

Das Wappen der Häuptlingsfamilie tom Brok (ein goldener, dreifach bekrönter Adler) und das der Ukena (ein Löwe mit gestürzter Krone um den Hals) finden sich auf dem Ostfrieslandwappen wieder.

verscheucht. Bei der Schlacht auf den Wilden Äckern focht auch ein Emder Bürger namens Kampo mit. Da es so heiß herging, gelobte er in seiner Herzensangst, nach dem Heiligen Lande zu wallfahrten, wenn er glücklich und wohlbehalten davonkäme. Damals begannen die Türken sich mächtig auszubreiten, und so wurde es Kampo schwer, seinen Vorsatz auszuführen. Wenige Jahre später tauchte in Emden das Gerücht auf, Kampo sei heimlich zurückgekehrt, ohne sein Gelübde erfüllt zu haben. Doch hat der Unglückliche, den das Heimweh zurückgelockt hatte, weder Frau noch Kinder begrüßt und begab sich zum zweiten Mal auf die abenteuerliche Fahrt. Von der ist er nicht zurückgekehrt und verschollen.“

Sagenhafter Ort: Burg Berum

Usch Luhn

Brautmord

Sie lag einfach so da. Mausetot. Ich habe genug Fernsehkrimis gesehen, um das beurteilen zu können. Ich musste sie töten, auch wenn das manche vielleicht nicht verstehen werden. Es war leichter gewesen, als ich dachte.

Bisher hatte ich nur eine Ratte totgeschlagen. Aber die war auch schon vergiftet gewesen. Sie hat damals furchtbar geschrien und griff mich an. Trotzdem hatte sie keine Chance gehabt. So wie Kimberley.

Wer heißt schon Kimberley? Mit so einem Namen kann man nicht eines natürlichen Todes sterben. Womit ich nicht sagen will, dass ich sie wegen ihres Namens getötet habe. Das wäre wirklich zu simpel.

Kimberley zu töten, war leichter als die Ratte. Ich erschlug sie mit diesem riesigen Bierkrug, den sie Simon aus Bayern mitgebracht hatte. Verkleidet als gruseliges Burgfräulein mit einem gefaketen Bärentöter in der Brust und aufgeklebtem Blut. Da hatte sie keine Chance.

Aber von vorne. Kimberley kam aus Bayern. Seit Kimberley in der Ferienwohnung auf dem Schloss wohnte, hatte sich Simon verändert. Genau genommen ist es ja gar kein Schloss mehr, das Schloss ist abgerissen worden, deshalb ist es nur noch eine Burg. Burg Berum.

Doch für Simon und mich ist es immer ein Schloss geblieben. Unser Schloss. Schließlich war es ja auch früher ein Schloss, als die Sache passierte.

Die Sache – das hört sich so herzlos an. Aber eine Weile fanden wir die Geschichte höchst romantisch. Es ging um Mord. Der erste Mord, kann ich jetzt sagen.

Das Mädchen, das damals dran glauben musste, hieß Hima. So ein schöner Name. Mit so einem zauberhaften

Namen sollte man wirklich nicht sterben müssen. Jedenfalls nicht so.

Als ich den Job als Zimmermädchen auf der Burg annahm, hätte ich nie geglaubt, dass ich jemanden so sehr lieben könnte, dass ich einen Mord begehen würde. Und nie hätte ich es für möglich gehalten, dass sich die Geschichte auf so schreckliche Weise wiederholt.

Hima war auch eine Braut gewesen. Wie Kimberley. Aber ich finde, zwischen diesen beiden Bräuten liegen nicht nur ein paar Hundert Jahre, Kimberley hatte es von Anfang an nicht verdient, eine Braut zu sein. Simons Braut. Schließlich war ich Simons Braut. Und jetzt bin ich es wieder. Die echte Braut. Die falsche Braut ist tot. Kimberley, das Luder.

Hima wurde damals von Lütet getötet, und ich bin immer noch davon überzeugt, dass es ein Missverständnis war. Als er sie mit dem anderen Jungen im Bett fand, war er so wütend geworden, dass er sie wie ein Bär erlegt hat. Das ist irgendwie eklig. Deshalb findet Hima auch keine Ruhe, sie möchte der Nachwelt erzählen, wie es wirklich war.

Schließlich hatte Lütet sie einfach sitzen lassen und war für ein ganzes Jahr abgehauen. Er behauptete, in einen wichtigen Kampf. Aber welche Frau glaubt denn sowas? Ich bin sicher, er hatte eine heimliche Geliebte. Wollte sich noch mal austoben vor der Ehe.

Wundert es da jemand, dass sich Hima mit diesem jungen feschen Ritter einließ? Sie musste ja denken, ihr Verlobter kommt nie mehr wieder.

Der Feigling Lütet hat sich nach seinem Mord an Hima das Schwert in die Brust gerammt. Typisch Mann. Erst ein Massaker anrichten und dann nicht dazu stehen.

Weil er nicht mehr verurteilt werden konnte, er war ja schon tot, muss er nun auch durch die Gegend spuken, sagt man. Vielleicht will er ja auf seinen nächtlichen Geistertouren Hima treffen und sich bei ihr entschuldigen.

Nee, Leute. Für so etwas habe ich kein Verständnis. Erst Verstand einschalten, dann handeln. Das sagte meine Großmutter schon immer. Männern fällt das häufig schwer. Aber ich habe nachgedacht, bevor ich Kimberley tötete. Und zwar richtig lange. Ich bin sicher, dass mich jeder verstehen wird. Kimberley zu töten, war ein Muss. Hima abzuschlachten nicht. Basta.

Es tut mir leid, dass ich es einfach nicht schaffe, der Reihe nach zu erzählen, was wirklich passiert ist. Aber der Mord hat mich doch mehr aufgewühlt, als ich dachte. Ich habe über hundert Puls. Das ist nicht gut. Ich muss mich beruhigen. Schließlich will ich gleich heiraten. Zu Simon an den Altar treten.

Wer hätte gedacht, dass die Rattentötung damals so eine Art Generalprobe sein würde. Die Ratte zu erschlagen, war mir wirklich schwergefallen. Als ich den Spaten gegen das schreiende Tier erhob, war mir sehr klar, dass die Ratte ein Lebewesen ist. Ich musste weit ausholen und mich wirklich zwingen, das Werkzeug auf das Tier hinuntersausen zu lassen. Danach zitterte ich einen ganzen Tag lang und ich musste mich übergeben.

Das war bei Kimberley zum Glück nicht so. Vielleicht, weil mir die Ratte leidtat und Kimberley nicht. Auf die war ich bloß stinksauer. Dabei war es deutlich schwieriger gewesen, Kimberley mit dem Bierkrug korrekt an der Schläfe zu treffen, als die Ratte umzubringen. Kimberley war ziemlich groß. Und ich wollte auf keinen Fall, dass das Brautkleid Blutspritzer abbekam, das Kleid brauchte ich ja noch, deshalb musste ich darauf achten, sie vorsichtig, aber tödlich zu treffen.

Obwohl ich mein Burgfräulein-Kleid anhatte und diese historischen Stöckelschuhe aus Stoff, stieg ich für meine Tat auf einen Hocker. Kimberley blieb zum Glück ruhig und starrte mich nur verblüfft an. Sie war ohnehin nicht die hellste Kerze auf der Torte, aber ich will sie nicht schlechter machen, als sie ist. Besser gesagt, war. Wer rechnet schon damit, dass Burgfräuleins mit Bierkrügen herumfuchteln? So ließ sie sich sehr willig erschlagen und es gab nicht einmal Blut. Ich bin sehr zufrieden mit mir.

Für alle, die immer noch nicht kapiert haben, um was es hier geht, eine Kurzfassung: Simon verwaltet die Ferienwohnungen auf der Burg. Ich bin das Zimmermädchen und geistere nachts als wimmerndes Burgfräulein herum, das bringt mehr Gäste und hört sich topp an im Reiseführer. Manchmal macht Simon mit und mimt den tobenden Ritter Lütet. Aber so richtig gut schauspielern kann er nicht, die Leute lachen über ihn, bei mir brechen sie in Tränen aus, so gut kann ich auf Mitleid machen.

Simon und ich waren ein Liebespaar, bis diese Schlange Kimberley auftauchte und ihn mir weggeschnappt hat. Während ich mir nachts eine Blasenentzündung nach der anderen einfing beim Herumgeistern, trieb Simon es mit Kimberley im Rittersaal. In Lütets Ritterrüstung, also einem Nachbau aus Plastik, das fand sie wohl besonders erregend. Na, dass die Bayern pervers sind, ist ja sogar in Amerika bekannt.

Aber heute wollte Simon Kimberley in der Kapelle heiraten, und da war bei mir Schluss mit lustig. Nun wird wohl der Letzte begreifen, warum ich Kimberley töten musste.

Ein Brautmord, der wirklich verdient ist. Vielleicht besänftigt meine Tat ja die arme Braut Hima, sodass sie doch noch die ewige Ruhe findet. Nichts ist so befriedigend, wie eine Nebenbuhlerin zu töten.

Simon hält das mit den Geistern ja für Hokuspokus, aber ich glaube, da ist etwas dran. Ich finde, Hima und ich sind irgendwie Seelenverwandte.

So, jetzt muss ich mich aber wirklich beeilen. Ich wünsche wirklich niemandem, dass er einer Toten das Brautkleid ausziehen muss. Das ist echte Schwerstarbeit. Keine Ahnung, wie sich dieser bayrische Knödel in das historische Brautkleid gezwängt hat. Zum Glück stellt sich die Leichenstarre nicht augenblicklich ein, auch das weiß ich aus dem Fernsehen.

Als ich ihr den Stoff endlich über den Hintern gezogen hatte, staunte ich. Sie war unter dem Kleid splitternackt. Aber am Verstörendsten war das Tattoo auf ihrer Scham. Die Anfangsbuchstaben ihrer Vornamen K und S ineinander verschlungen.

Spontan machte ich ein Handyfoto. Diesen Wahnsinn musste ich unbedingt in den sozialen Netzwerken posten. Ich hörte die Likes schon klickern.

Es dauerte eine gefühlte Ewigkeit, bis ich das Brautkleid in den Händen hielt. Es roch nach Kimberleys aufdringlichem Parfüm, aber daran konnte ich nun nichts mehr ändern. Bevor ich selber in das Kleid schlüpfte, verstaute ich ihre Leiche in einer herumstehenden Ritterrüstung. Gleich würden die Burgführungen beginnen und es war sicherlich nicht angenehm für die ahnungslosen Touristen, über eine dicke tätowierte bayerische Leiche zu stolpern. Na, dass sie aus Bayern kam, sah man auf den ersten Blick natürlich nicht und sprechen konnte sie zum Glück auch nicht mehr.

Vor dem großen Spiegel im Rittersaal zog ich das Brautkleid an. Es war mir ein wenig zu weit, aber ich stopfte die Brust mit Rosenblüten aus dem Garten aus, das hatte ich mir schon vorher überlegt. Der Rosenduft übertünchte sogar Kimberleys Geruch. Die Stöckelschuhe von Hima ließ ich an. Ich hielt das für ein gutes Omen.

Im letzten Moment erinnerte ich mich an den Bierkrug. Die Tatwaffe mit meinen Fingerabdrücken musste ich unbedingt noch vor der Trauung verschwinden lassen.

Von draußen hörte ich den Schwan im Burgteich fauchen. Wahrscheinlich waren ihm die Touristen wieder einmal zu nahe gekommen. Ich hoffe, dass es ihm gelang, möglichst viele von ihnen zu beißen. Ich hatte viel gelernt von dem Schwan in den letzten Wochen. Sich zu wehren, sich nicht alles gefallen zu lassen war der sicherste Weg zum Glück.

Ich verbarg den Bierkrug unter dem Schleiertuch und schritt hoheitsvoll die Treppe hinunter in den Burghof. Huldvoll nickte ich den Touristen zu, einige klatschten mir Beifall. Ich war schön, und vor allem war ich klug. Simon konnte froh sein, dass ich die Nerven behalten und die Dinge für ihn geregelt hatte.

Unbeobachtet versenkte ich den Bierkrug im Burgteich. Dann ging ich hinüber zur Kutsche, die mich zur Kirche bringen würde und bedeckte mit dem Schleier mein Gesicht.

Die Musik setzte ein, als ich das Gotteshaus betrat und sehr langsam, das Gefühl die richtige Braut zu sein, schritt ich nach vorne an den Altar zu Simon. Der Dummkopf trug eine Ritterrüstung, diesmal aus echtem Metall, sie musste enorm schwer sein, denn er schwitzte heftig. Na, diese Flausen würde ich ihm schon noch austreiben, wenn wir erst Mann und Frau waren.

Erst als ich neben ihm stand, hob ich den Schleier. Ich werde niemals vergessen, wie verblüfft mich mein zukünftiger Gemahl anstarrte.

Als würde er einen Geist sehen. Na, ein bisschen war Himas Seele ja tatsächlich in meine übergegangen. Sie hatte damals keine Chance gehabt, ich habe meine ergriffen.

Kimberley war mausetot. Ich war sehr stolz auf mich.

Der Brautmord

„Eine Windbö vom Meer entfernt, liegt geborgen hinter hohen Bäumen die Burg Berum. Wenn Sie durch das Burgtor gehen, befinden Sie sich an einem der bedeutendsten Stätten ostfriesischer Geschichte“, heißen die heutigen Besitzer ihre Gäste willkommen – nachzulesen auf der Homepage von www.burgberum.de. Wann das herrschaftliche Anwesen entstanden ist, ist nicht eindeutig geklärt. Ein urkundlicher Eintrag von 1310 erwähnt einen Vorgängerbau; zu jener Zeit soll eine Häuptlingsfamilie Syrtza dort ihren Stammsitz gehabt haben. Im 15. Jahrhundert erbten die Cirksena die Burg,

Die Burg Berum lässt noch heute erahnen, wie prachtvoll das Anwesen einst in seiner Gesamtheit gewesen sein muss.

ab 1443 ließ Graf Ulrich I. (um 1408–1466) das Gemäuer zu einem Schloss mit Haupt- und Vorburg ausbauen – und hier feierte er am 1. Juni 1455 Hochzeit. Seine zweite Frau Theda (1432–1494) war die Enkelin des Häuptlings Focko Ukena; das Paar bekam sechs Kinder. Mit der Zeit erfuhr das Gemäuer weitere Ausbauten, anno 1591, so heißt es, war die Umgestaltung durch Edzard II. (1532–1599) zu einem prächtigen Wasserschloss im Renaissance-Stil abgeschlossen. Nach seinem Tod fanden auf Geheiß seiner Witwe, der schwedischen Königstochter Katharina von Wasa (1539–1610), weitere Umbauten statt und es entstand auch eine Kapelle. Als geschichtsträchtige Daten sind zu nennen: Der sogenannte „Berumer Vergleich" anno 1600, bei dem Graf Enno III. (1563–1625) und das Haus Rietberg Ostfriesland und das Harlingerland zusammenführten; der tragische Tod von Graf Rudolf Christian (1602–1628), dem zweiten Sohn von Enno III., der an einem Stich ins linke Auge verstarb, den ihm ein Lieutenant des kaiserlichen Generals Gallas zugefügt hatte.

Unter Christine Charlotte von Württemberg (1645–1699), der Witwe des Fürsten Georg Christian von Ostfriesland (1634–1665), wurde das Anwesen erneut repräsentativ umgebaut und weiterhin als Witwensitz genutzt. Im Jahre 1734 fand im Berumer Schloss die Hochzeit von Fürst Carl Edzard (1716–1744) aus dem Hause Cirksena mit Prinzessin Wilhelmine Sophie von Brandenburg-Bayreuth statt (1714-1749). Nach seinem Tod – er war der Letzte des Geschlechts Cirksena – ging die Burg in den Besitz des preußischen Königs Friedrich II. (1712–1786) über und verfiel mit der Zeit. 1764 wurde ein Großteil des Gebäudes abgerissen und das Inventar versteigert. Erhalten blieben die imposante Vorburg, ein langgestreckter, an die Wehrmauer gebauter Backsteinbau mit ehemaligem Torturm, und die barocke Tordurchfahrt – im Dreiecksgiebel des Portals ist noch das württembergische Wappen der Fürstin Christine Charlotte zu sehen. Auch der Wall und der Außengraben sind vorhanden und im Süden noch Reste des Barockgartens von 1712. Die Vorburg diente 1932 dem Amt Berum als Sitz, danach kaufte die Familie zu Inn- und Knyphausen das Anwesen als Alterswohnsitz der Fürstin. 1970 erwarb die aus der Lausitz stammende Adelsfamilie von Oppeln-Bronikowski die Burg. Ein Teil der Anlage wird seither als Gästehaus betrieben.

Die Erzählung „Der Brautmord“ aus Sundermanns Sagen-Sammlung hat unter anderem die Berumer Burg als Schauplatz: „*In dem kleinen Orte Wichte im Norderland liegt hart am Wege ein grüner Hügel, der trug vor Zeiten eine feste Burg, die weit von allen Seiten zu erblicken war; und darin wohnte ein mächtiger Häuptling, Lütet van de Broek. Ritter Lütet hatte eine Braut, die schöne Hima von Berum, die er mit ritterlicher Minne als sein treueigen hielt, und die auch ihm hinwiederum ewige Liebe beim Kreuze des Erlösers geschworen hatte. Da begab es sich zu einer Zeit, daß ein ferne im Stadtlande wohnender Anverwandter dem Ritter die Ehre schändete, und darob gezüchtiget werden sollte. Die Rüstungen zum Kampfe waren beendet, Lütet wollte mit seinen Reisigen ausziehen, noch einmal flog er auf seinem schnellen Roß gen Berum, der Geliebten Lebewohl zu sagen. Schwer war der Abschied, die schöne Hima wollte ihren Liebsten nicht ziehen lassen, doch es mußte sein; noch einmal schwuren sich beide ewige Liebe, noch einmal und nun die letzte Umarmung; dahin sauste das Roß.*

Die Fehde zog sich in die Länge, länger als ein Jahr verfloß, bis Lütet heimkehren konnte. Er naht sich dem Nordergau, naht sich seiner Burg, doch es ist schon Nacht geworden. Was thut's? Er muß hinüber zur Liebsten! Er spornt das müde Roß und eilt dem Berumer Schlosse zu, eilt, um sich von seiner Hima jubelnd begrüßt zu

Im Giebel der Tordurchfahrt ist das württembergische Wappen der Fürstin Christine Charlotte (1645–1699) zu sehen. Sie war drei Jahre mit Georg Christian von Ostfriesland verheiratet und übernahm nach dessen Tod bis 1690 die vormundschaftliche Regierung für ihren Sohn Christian Eberhard. Danach wurde Burg Berum ihr Witwensitz.

sehen. Schon hat er das Thor erreicht, einem erschreckenden Diener den Zügel zugeworfen, und steigt flüchtigen Laufs, aber recht leise, die Treppe hinan. Schon hat er den Corridor erreicht, noch zwei Schritte, da steht er an der Thür, die ihn so manchmal eingelassen; er öffnet sie und – sieht seine Hima in den Armen eines Buhlen liegen! Entsetzlich! Lütet ist seiner Sinne nicht mehr mächtig, und mit dem Aufschrei: ‚Schlange, du falsche, so büß' deine Untreu' mit dem Tode!' zieht er sein Schwert und durchbohrt in wildem Zorne das Herz seiner Hima. Dann stürzt er davon und ersticht sich ebenfalls. Sein Geist aber findet im Grabe keine Ruhe und wandelt zur Nacht, wenn es vom nahen Hager Kirchthurme die Mitternacht schlägt, verzweiflungsvoll am Ort der That auf und ab."

Sagenhafter Ort: **Gruft Dornum**

Silke Arends

Ich habe dich je und je geliebt

Die Sonne ließ die frischbelaubte Blutbuche wie eine Brandfackel erscheinen. Wie immer im Mai. Und wie immer dann, wenn keine Wolken über den Himmel zogen und die Erinnerung am unbarmherzigsten war.

Heute würden sie Vater beerdigen. Die Kirchentür stand seit dem Morgen offen. Der Organist war dagewesen und alsbald wieder gegangen, denn er wusste, was zu spielen war. So wie sie es nicht anders wusste, dass seine Noten seit ehedem in einer wurmstichigen Kiste auf der Empore lagen – lose Blätter und abgewetzte Bände von seinen Vorgängern, allesamt mit einem Firnis aus Staub und vergilbender Vergänglichkeit überzogen.

Sie hatte auch Pastor Poets die kleine Anhöhe zum Gotteshaus hinaufgehen sehen – noch ohne Talar und Beffchen und ohne jenen himmelwärts gewandten Blick, den er, sobald er eines seiner Gemeindemitglieder zu erblicken glaubte, im Nu seinen gemessenen Schritten anzupassen wusste. Ob beim Gang durchs Dorf, sonntags auf dem Weg zum Gottesdienst oder so wie heute, wenn er den Trauerzug zum Friedhof anzuführen hatte und schlussendlich Gottes Erde auf den Sarg des Verschiedenen poltern würde.

Zu Vaters Trauerfeier würden viele aus dem Dorf und der Umgebung kommen. Bis zum letzten Tag hatte er sein Leben in lauter, mithin schulterklopfender Eintracht zu seinen Gleichgesinnten zelebriert, während ihm andere im Stillen wohl längst sein Ende gewünscht hatten.

Heute würden seine Weggefährten und alle anderen, einer nach dem anderen, in den knarrenden Kirchenbänken

Platz nehmen und das klammkalte Gemäuer weniger mit Betroffenheit denn mit einem Dunst von Mottenkugeln füllen – dem beißenden Atem eines Jahre überdauernden Vergrämungsmittels, das vornehmlich den schwarzen Anzügen der Altbauern entströmte.

Alle würden sie heute ihre christliche Pflicht erfüllen. Die zu singenden Choräle waren gut lesbar angeschlagen. Die Küsterin pflegte überdies eine beflissene Eigenart, schon tags zuvor in allen Gesangbüchern die von unzähligen Fingern unzähliger Gottesdienstbesucher ausgefransten roten und blassgelben Bändchen zwischen die pergamentenen Seiten der vorgesehenen Lieder zu platzieren.

Die Gemeinde hatte zu singen. Deshalb würden die Frauen und Männer auch heute ihre Stimmen bemühen. Sie würden dabei ihre Blicke mal mehr, mal weniger verstohlen durch das Kirchenschiff schweifen lassen und auf Zwischentöne in der Predigt hoffen – auf jene Worte von Pastor Poets, die er scheinbar beifällig über den Verstorbenen verlieren würde. Worte, die man sich in den kommenden Wochen rund um den Marktplatz würde zuraunen können.

Ansgar war einer von ihnen gewesen, aber streitbarer als die anderen. Dass Pastor Poets mit jenem Augenblick, in dem er durch den Kanzelaufgang schreiten und die barocke Kanzel besteigen würde – um von oben und mit himmelwärts gerichtetem Blick den Verstorbenen über die Häupter der Gemeinde hinweg zu würdigen –, beinahe ausschließlich darum bemüht sein würde, sein pflichteifriges Räuspern zu unterdrücken, galt es hinzunehmen. Seit nicht weniger als 28 Jahren.

„Befiehl du deine Wege“ – alle zwölf Verse würde der Organist der versammelten Trauergemeinde abfordern und dabei mit seinen gichtigen Fingern zunehmend die Register traktieren, denn ein Gespür für das jahrhundertealte Instrument hatte er nie gehabt. So wie er nie geduldet hatte, dass außer ihm jemand die Pfeifen zum Klingen brachte.

Mit dem letzten Vers „Mach End, o Herr, mach Ende mit aller unsrer Not; stärk unsre Füß und Hände und lass bis in den Tod uns allzeit deiner Pflege und Treu empfohlen sein, so gehen unsre Wege gewiss zum Himmel ein", würden sie alle inständig hoffen, wenn nicht sogar zuversichtlich sein, dass ihnen der Herr dereinst in seiner Treu' auch gnädig sein möge und dass ihnen der himmlische Weg auch bereitet sei.

Ob dieser Verheißung beseelt und geläutert, würden sich die Versammelten hernach von den Bänken erheben und Pastor Poets eilfertig im Glaubensbekenntnis folgen und sich in einem geseufzten Amen wiederfinden – so sei es.

Dann spräche Pastor Poets den Segen, dann würde der Auszug erfolgen. Der schwere Eichensarg mit den schmiedeeisernen Beschlägen, von sechs Männern in schwarzen Anzügen getragen, vorneweg – während der Organist den Orgelwind ein letztes und brachiales Mal durch die Pfeifen pressen würde.

Heute würde das Trauergefolge in die Sonne hinaustreten und unter einem blutroten Blätterdach zum Gottesacker streben. Die Küsterin indes würde mit zwei, drei schwarzgekleideten Helferinnen in gestärkten weißen Schürzen die große Teetafel im Gemeindehaus bereiten.

Vater hatte nicht lange gelitten, hatte Marga sie wissen lassen. Der Schlag hatte ihn getroffen. Nur kurz sei er noch bei Bewusstsein gewesen, lange genug, um ein paar Worte zu hinterlassen, die Marga, seine Haushaltshilfe, die mit ihm alt geworden war, hatten aufhorchen lassen.

„Der Brief … die Truhe", hatte er gekeucht. Dann waren ihm die Augen gebrochen. Heute am frühen Morgen war Marga zu ihr gekommen und hatte ihr jenen Umschlag gebracht, den sie unten in der großen Holzkiste gefunden hatte. In jener Truhe, die wie ein Sarg anmutete und dereinst schon in der Schlafkammer ihrer Ur-Urgroßeltern gestanden hatte – beschlagen mit den schmiedeeisernen Initialen des einstigen Hofbegründers.

Die Sonne ließ die frischbelaubte Blutbuche wie eine Brandfackel erscheinen. Wie immer im Mai. Und wie immer dann, wenn keine Wolken über den Himmel zogen und die Erinnerung am unbarmherzigsten war.

Sie war Vaters einziges Kind, Mutter war früh an einem Lungenleiden verstorben. Ihre kindlichen Erinnerungen an sie waren blass, so, wie ihr Mutters Haut erschienen war.

Vater hatte sie nie gefragt, so war es selbstverständlich gewesen, dass sie schon früh auf dem Hof mitzuarbeiten hatte. Und obschon diese auferlegte Pflicht an ihren Kräften zehrte, war sie doch fleißig, gab ihr die Nähe zur Natur Halt.

Als sie Hans lieben lernte, war sie das, was man im Dorf ein „spätes Mädchen" nannte. Sie hatte Hans seit Jahren gekannt, er war der Sohn des jüdischen Viehhändlers und begleitete seinen Vater häufig bei dessen Fahrten über Land. Dann war es endlich passiert. Ein erster Kuss. Hans hatte Pläne und ihr gefiel sein Mut, sein Lachen, seine Unbekümmertheit.

Alles würde gut enden, beteuerte er immer wieder und nahm sie in die Arme. Doch mit der Reichspogromnacht verloren sie sich aus den Augen. Dem Viehhändler und seiner Familie sei es gelungen, Dornum zu verlassen, hieß es.

Im Sommer des folgenden Jahres stand Hans eines frühen Morgens vor ihr, als sie aus dem Melkstall kam. Dem Schreck geschuldet, fielen ihre beiden Eimer zu Boden und die noch warme Milch schoss über die von der Sonne ausgetrocknete, schartige Erde und versickerte, während sie sich lange in den Armen hielten.

Es machte keinen Sinn, ihn vor Ansgar zu verstecken, der augenblicklich drohte, Hans zu verraten. Er habe keine andere Wahl, hatte er aufgeschrien, die Fäuste auf den schweren Eichentisch schlagend. Hans war noch in der nächsten Nacht untergetaucht.

Als endlich sein erster Brief aus Palästina kam, hatte sie wenige Tage zuvor ihre gemeinsame Tochter zur Welt gebracht. Hans ahnte nichts. Es war der Monat Mai im Jahre 1940 und Dornum seit dem 8. März „judenfrei".

Im Dorf wusste niemand, wer der Vater der kleinen Deva war und doch wussten es alle. Deutschland befand sich im Krieg, das Leben in der Provinz ging weiter, die Leute gingen ihrem Tagewerk nach und schwiegen sich aus. Ein beredtes Schweigen, ein Stillschweigen, das ihr Vater für sich zu deuten wusste.

Wie an jenem Tag im Mai, einen Tag nach dem zweiten Geburtstag des kleinen Mädchens mit den rotblonden Locken – ihrem Sonnenschein.

Es hieß, nicht einer habe es gesehen. Es war ein Sonntagnachmittag gewesen. Im Dorf und auf den Straßen ringsum waren, von diesem warmen Frühlingstag angelockt, hier wie dort Frauen und Männer und Kinder unterwegs gewesen, doch die Enkeltochter von Bauer Ansgar war keiner Menschenseele aufgefallen.

Ansgar hatte das Kind im weitläufigen Vorgarten beaufsichtigt, als es von einem Moment zum anderen verschwunden war. Die Suche nach dem Kind war vergebens. Es folgten Tage, Nächte und Wochen größter Verzweiflung. Und Stille. Ansgar fand seine Sprache alsbald wieder, seine Tochter blieb stumm.

Die Zeit nahm ihren Lauf, die Jahre veränderten das Land. Der Krieg war vorüber, die Männer kehrten zurück, die Juden nicht. Und auch nicht Hans.

Die Stille auf dem Hof blieb und umspannte ihr Leben wie ein Kokon. Manchmal gelang es ihr, ihr Leid zu teilen. Dann, wenn sie sich zur Kirche aufmachte und sich in einer der Priechen auf der Empore versteckte, bis sie sicher sein konnte, alleine zu sein. Mit sich und ihrem Atem. Und mit Deva.

Vorsichtig nahm sie ein jedes Mal ein kleines besticktes Etui aus ihrer Rocktasche, legte es in ihren Schoß und öffnete es behutsam. Nur für wenige Augenblicke gestattete sie es sich, die zarte Locke ihres verschwundenen Mädchens zu berühren – zu kostbar war das Einzige, was ihr von ihr geblieben war. Und zu überwältigend war die Erinnerung.

Jenseits der backsteinernen Mauern von St. Bartholomäus geschah das Dasein der anderen, während drinnen die Vergangenheit obsiegte, hoffte sie. Das gab ihr Trost. Das Gefühl der Verbundenheit über den Tod hinaus und die Hoffnung eines dereinstigen Wiedersehens mochte auch Dorothea Magdalena von Closter verspürt haben, als sie ihre Tochter der Ewigkeit hatte übergeben müssen.

Auch wenn Dorothea Magdalena auf dem Schloss gelebt hatte und sie nie etwas anderes als Vaters Hof gesehen hatte: Das Leid über den Verlust eines geliebten Kindes war ihnen gleich. Und so öffnete sie ein jedes Mal in allen Jahren, wenn sie sich alleine in der Kirche wusste, die Luke ins Jenseits.

Sicher war der hölzerne Sarg der kleinen Otilia Dorothea von Closter in der Vergangenheit, in der Gruft, in der Grabesstille geborgen. Tausende von Nägeln schmückten ihn seit nunmehr 300 Jahren. „Ich habe dich je und je geliebt; darum habe ich dich zu mir gezogen aus lauter Güte", zeichnete sie die Inschrift mit ihren Fingern nach und sagte sie her – und konnte weinen.

Heute würden sie Vater beerdigen. Er hatte die letzten Jahre allein mit Marga auf dem Hof zugebracht. Sie lebte in einem Haus gegenüber der Kirche. So konnte sie stumm hinüberblicken, Frühling, Sommer, Herbst und Winter an der Blutbuche ablesend. Und so konnte sie sich, wann immer es ging und sie sich alleine wähnte, ihrem Ritual unter den verschwiegenen Mauern des Gotteshauses hingeben.

Heute am frühen Morgen hatte sie ihr schwarzes Kostüm bereitgelegt, sich ans Fenster gesetzt und dann hatte Marga den Brief gebracht. Er habe Deva an jenem Tag im Mai vor 28 Jahren fortbringen und in Obhut geben lassen, las sie. Sein Ansinnen habe geistliche Zustimmung gefunden. Und im Dorf habe man endlich Ruhe gegeben.

Die Sonne ließ die frischbelaubte Blutbuche wie eine Brandfackel erscheinen. Wie immer im Mai. Und wie immer dann, wenn keine Wolken über den Himmel zogen und die Erinnerung am unbarmherzigsten war.

Die Glocken von St. Bartholomäus begannen zum Trauergottesdienst zu läuten. Vor dem Altar und am Sarg würden nun Kerzen flackern. Sie sah eine junge Frau die Anhöhe zum Gotteshaus hinaufgehen. Sie hatte ein Kind an der Hand. Das rotlockige Haar umgab den Kopf des kleinen Mädchens wie ein Strahlenkranz.

„Der offne Sarg“

Die St.-Bartholomäus-Kirche in Dornum (Landkreis Aurich) ist in der zweiten Hälfte des 13. Jahrhunderts errichtet worden. Sie ist weithin für ihre Orgel bekannt, die Gerhard von Holy 1710–1711 erbaut hat – das imposante Instrument mit 32 Registern hat den Status eines nationalen Denkmals. Zu den kulturhistorischen Schätzen gehört aber auch die Gruft, in der Angehörige der Herrschaftsfamilie von Closter und von Danckelmann bestattet wurden. In Dornum gab es im ausgehenden Mittelalter mit der Norderburg, der Westerburg und der Osterburg drei Steinhäuser, die sich im

Blick in die Dornumer Gruft. Rechts im Bild ist der Sarg von Otilia Dorothea von Closter (1663–1666) zu sehen – er ist komplett mit Linsenkopfnägeln verziert.

Besitz der Häuptlingsfamilie Attena befanden – alle drei Bauten wurden 1514 in der Sächsischen Fehde zerstört. Die Norderburg und die Osterburg (seit 1545 Sitz der Familie Beninga) wurden wieder aufgebaut. An den Sitz der Norderburg war die Herrlichkeit Dornum gebunden. Auf ihr lebte ab 1556 die Häuptlingsfamilie von Closter aus dem niederländischen Drenthe. Ihr letzter Vertreter war Haro Joachim von Closter (1661–1727); er ließ sein Domizil in ein repräsentatives Wasserschloss samt Parkanlage umbauen. Auch veranlasste er die barocke Ausstattung der Kirche mit Altar, Kanzel, Prieche und doppelgeschossiger Empore sowie den Bau der Orgel.

Im Rahmen des Projektes „2013 – Land der Entdeckungen“ ist die Krypta, zu der eine Bodentür vor dem Hochaltar führt, aufwändig untersucht und deren Bestand dokumentiert worden. Da die Särge – datiert aus der Zeit zwischen 1666 und 1714 – im Zweiten Weltkrieg ausgelagert und zwischenzeitlich die Lüftungsöffnungen der Gruft verschlossen worden waren, befand sich die Grabkammer zu jenem Zeitpunkt in einem schlechten Zustand. Letztlich konnten acht Holzsärge wiederhergestellt und die sterblichen Überreste von 28 Individuen zurückbestattet werden. Erhalten werden konnten zudem teilweise üppig bemalte Einzelbretter, die von weiteren prachtvollen Bestattungen zeugen. Unter den restaurierten Stücken ist ein komplett mit Linsenkopfnägeln beschlagener Kindersarg der am 7. Dezember 1663 geborenen und am 4. April 1666 verstorbenen Otilia Dorothea von Closter. Die Inschrift aus Nägeln lautet: „ICH HABE DİCH JE VND JE GELIBET. DARUMB HABE İCH DİCH ZU MIR GEZOGEN AUS LAUTER GÜTE. BUCH DER WEİSHEİT C.4.V.İ3.14 ER İST BALT VOLKOMMEN WORDEN VND HAT VİEL JAR ERFÜLLET.DEN SEİNE SELE GEFÄLLET GOT.DARUMB EILET MIT IHM AUS DEM BÖSN LEBEN. BARUCH C.İ0.V.23 JCH HABE EİCH ZİEHEN LASSEN MİT TRAUREN. VND WEİNEN. GOT ABER WİRT EİCH MİR WİEDER GEBEN MİT WONNE UND FREUDE EWİGLİCH." Bemerkenswert erscheint auch der bemalte Sarg der am 2. Dezember 1711 geborenen und am 1. September 1712 gestorbenen Eberhardina Juliana Louisa, „Closterfreÿfräulein von Dornum und Pettecom". Neben der Inschrift „Der Mensch von Weibe Gebohren lebet kurtze Zeit, und ist voll unruhe, Gehet auff wie eine Blume, und fallet ab, fleicht wie ein Schatten und bleib[et nicht]" sind auf dem Kopf- und Fußteil die Wappen von Closter und von Danckelmann aufgemalt.

Eine Sage mit der Überschrift „Der offne Sarg", die Friedrich Sundermann in seiner Sammlung veröffentlicht hat, liest sich dazu wie folgt: *„Zu Dornum im Leichengewölbe steht der Sarg eines Kindes, und in dem Sarge liegt ein feines, schönes Kind, unversehrt und wie lebendig. Man erblickt dasselbe aber durch die Oeffnung am Fußende des Sarges, welche nicht geschlossen werden kann. Dies kommt aber daher: Vor langen Jahren lebte ein Graf von Dornum, der hatte ein einzig Mägdlein, das war so schön und lieblich anzuschauen, daß man sich nicht satt daran sehen konnte. Und die Gräfin, des Kindes Mutter, meinte aus diesem Grunde: ihrem Kinde könne kein Leid geschehen, auch dürfe es nicht sterben; und trieb ordentlich eine Abgötterei mit ihm. Es strafte aber der Herr über Tod und Leben die thörichte Mutter also, daß ihr Kind plötzlich starb und dennoch aussah, als ob es lebendig sei. Da war sie ohn Maßen traurig und wollte sich von ihrem todten Liebling nicht trennen. Mußte es aber am Ende*

Dieses Gemälde, das im Rittersaal des Dornumer Schlosses zu finden ist, zeigt Hero Mauritz von Closter (1594–1673) mit seinen Söhnen. Seine Überreste konnten in der Gruft nachgewiesen werden. Der Junge im roten Wams ist Gerhart von Closter, der spätere Vater von Otilia. Auch Gerharts Frau Dorothea Magdalena (1634–1682) fand ihre letzte Ruhestätte in der Gruft.

doch, und wurde das Mägdlein beigesetzt. Es ging die Mutter aber stündlich zur Gruft und sah in den Sarg, wo das Kind nicht verwesen wollte und immerfort blühte. Und weil dies eine ärgere Sünde war, denn zuvor, so ließ der Herrgott dieses nicht ungestraft. Denn es begab sich, daß das Fußbrett des Sarges abgestoßen am Boden lag, und Jedermann also in den Sarg sehen konnte. Und so oft es wieder eingesetzt wurde, so oft lag es wieder abgestoßen an der Erde, und mußte der Sarg offen bleiben. Und dies war eine Warnung für alle Christenmenschen, ein irdisch Wesen nicht über alles zu lieben. Das erkannte denn auch manch Einer, und war dieses Gotteszeichen ein Segen im Lande. Als aber die Menschen überaus klug geworden, und solche Zeichen verwarfen, hat man den Sarg schließen können und ist heuer also ein Zeichen weniger im Lande. Dieselbe Sage erzählt man sich in Grimersum.“

Sagenhafter Ort: Radbodsberg

Anna Sophie Pijl

Auf Radbods Berg

Gunda gab noch einen Schuss Milch in den Topf und rührte, was das Zeug hielt. Vergebens, der Grießbrei war zu einer recht zähflüssigen Masse geraten, die am Boden des Topfes klebte. Für einen neuen Versuch blieb keine Zeit. Robert hatte schon vor zehn Minuten zum Aufbruch gedrängt, Rucksäcke und Picknickdecke waren im Kofferraum verstaut. Der Motor lief bereits und beim Blick aus dem Küchenfenster sah Gunda, wie ihr Mann mit kurzen, hektischen Bewegungen ein paar tote Fliegen von der Windschutzscheibe schrubbte.

Sie seufzte und probierte einen Löffel des klebrigen Breis. Immerhin, er schmeckte. Und ihr Mann liebte Grießbrei – allein der Duft würde ihn in Kindheitserinnerungen schwelgen lassen. Sie rührte rasch noch eine Handvoll Rosinen unter – die würden bestimmt von der Konsistenz ablenken. Als Robert zum dritten Mal nach ihr rief, hatte Gunda gerade die Sandalen übergestreift und die Tasche mit dem Proviant geschultert. „Komme, Schatz!“

Die Fahrt von Wiesmoor nach Dunum dauerte etwa eine halbe Stunde und an diesem frühen Sonntagmorgen war wenig Verkehr auf Ostfrieslands Straßen. Robert hatte unbedingt um 5:30 Uhr das Haus verlassen wollen, um vor der Bullenhitze ans Ziel zu gelangen. Dass Gunda erst um 5:42 Uhr ins Auto gestiegen war, trug nicht dazu bei, seine Laune zu heben.

„Vorbereitung ist alles“, predigte er. Den Proviantkorb hätte man ja wunderbar schon am Vorabend packen können. So wie er am gestrigen Abend den Wagen getankt, Ölstand und Reifendruck geprüft und vor dem Zubettgehen seine leichte

Sommerhose mit den Zipp-Off-Beinen und ein kurzärmeliges Hemd bereitgelegt hatte. Dass man von anderen Menschen nicht erwarten konnte, mit demselben Maß an Verstand und Voraussicht an die Dinge heranzugehen, wie er es tat, hatte er in über 35 Jahren Berufsleben jeden Tag wieder erfahren müssen. Aber dass noch nicht mal seine eigene Frau sich nach beinahe ebenso vielen Jahren Ehe an gewisse Regeln halten konnte, frustrierte ihn.

Gerade rieb sie sich fröstelnd die nackten Unterarme und blickte noch ein bisschen verschlafen unter den grauen Ponyfransen hervor. Die Klimaanlage pustete unentwegt kalte Luft in den Innenraum des Wagens, aber das Außenthermometer zeigte schon fast 19 Grad an und die Sonne strahlte bereits jetzt vom blauen Himmel. Wie war es da möglich, zu frieren?

Robert fühlte sich schon von der kurzen Scheibenputz-Aktion klebrig und unwohl. Seit drei Wochen kein Regen und eine schwül-warme Nacht nach der nächsten. Es war schlimmer als die Flitterwochen in Spanien, denen er damals in einem schwachen Moment zugestimmt hatte. Danach war er von Reisen in südliche Gefilde kuriert gewesen und hatte auch Gundas Wunsch nie wieder nachgegeben. Die letzten 34 Sommerurlaube hatten sie auf Baltrum verbracht, 18 davon in Begleitung der Kinder, Joachim und Maximiliane.

Und einmal im Jahr, an ihrem Hochzeitstag, fuhren Gunda und Robert zum Radbodsberg nach Dunum. Eine liebgewonnene Tradition, denn auf jenem Erdhügel am Rande der Ortschaft hatte er ihr vor nunmehr 36 Jahren beim Picknick den Ring seiner Großmutter angesteckt und dann hatten die Dinge ihren natürlichen Lauf genommen.

Als Robert kurz zu seiner Frau hinüberschaute, schenkte sie ihm ein vorsichtiges Lächeln und reichte ihm voller Verständnis ein frisch gebügeltes Taschentuch, mit dem er sich die Stirn abtupfen konnte. So kam es, dass er milde gestimmt in die Straße „Am Radbodsberg“ einbog, die in sonntäglicher Stille dalag. Vielleicht würde es ja trotz der Hitze ganz nett werden. Er war sich sicher, in aller Frühe den Duft von frischem Grießbrei wahrgenommen zu haben. Immerhin gab Gunda sich Mühe – nach all den Jahren.

Wolfram wischte sich den Schweiß von der Stirn, an ein Taschentuch hatte er natürlich nicht gedacht. Geschweige denn an eine Flasche Wasser. Immerhin wehte zu dieser frühen Stunde noch ein laues Lüftchen auf der Anhöhe. Und Gott sei Dank war es menschenleer. Man wusste ja nie, ob sich noch ein paar betrunkene Teenager aus der nahen Siedlung zu unchristlicher Zeit hier draußen herumtrieben.

Doch er hatte Glück – wenn man in seiner Lage überhaupt davon sprechen konnte. Sputen musste er sich in jedem Fall. Bevor die Sonne hoch am Himmel stand, wollte er fertig sein. Und bis dahin lag noch ein gewaltiges Stück Arbeit vor ihm.

Gunda summte zufrieden, als sie die braun-orange-karierte Decke ausbreitete. Robert hatte auf Anhieb einen Parkplatz im Schatten gefunden und auch hier, am Fuße des Radbodbergs, wo seit einiger Zeit sogar Tisch und Bänke für die Rast bereitstanden, war es dank des dichten Baumbestands schattig und angenehm. Nur vereinzelte Sonnenstrahlen drangen durch das Geäst. Endlich begann sie, den Ausflug zu genießen. Sie würden zusammen auf der Decke sitzen, dem Rascheln der Blätter lauschen und in aller Ruhe frühstücken. Ohne dass Robert sich bei der Lektüre des Lokalblattes aufregen müsste, ohne dass der Nachbarhund zu laut kläffte oder jemand mit überhöhter Geschwindigkeit die Spielstraße entlang jagte.

Dieses Mal hatte sie wirklich an alles gedacht. Sonnenmilch mit Faktor 50 für besonders lichtempfindliche Haut, Erfrischungstücher und einen kleinen Taschenventilator. Zwei verschiedene Thermoskannen mit Tee – der Inhalt der ihrigen hatte fünfeinhalb Minuten gezogen und enthielt ordentlich Sahne und Zucker. Der Tee für Robert war dünn und mit nur wenigen Tropfen laktosefreier Milch versetzt.

Sie hatte sein Ei genau sechs Minuten gekocht und für sich selbst kleine Tütchen mit Salz eingepackt. Dazu die Eierlöffel aus Perlmutt von Roberts Mutter – die Silberlöffel vom Flohmarkt, von denen sie selbst gern aß, verfälschten den Geschmack, fand Robert. Der Käse auf seinen Broten war selbstverständlich fettreduziert und laktosefrei. Besonders stolz war Gunda auf die Dose voller frischer Erdbeeren, die sie gestern aus dem eigenen Garten hatte ernten können. Die würde sie nach dem Frühstück zusammen mit dem Grießbrei aus dem Proviantkorb hervorzaubern. Ein krönender Abschluss.

Und dann, dachte Gunda, wäre endlich der Zeitpunkt gekommen, um ein Thema anzusprechen, das ihr seit Wochen auf dem Herzen lag. Dass Tochter Maximiliane für ein Auslandsjahr nach Argentinien gegangen war, hatte Robert kopfschüttelnd und nicht ohne Gezeter zur Kenntnis genommen, er hatte ihr aber zumindest finanziell keine Steine in den Weg gelegt. Das Kind würde schon sehen, was es davon hatte und geläutert in den Norden zurückkehren, das war so sicher wie das Amen in der Kirche. So hatte Maximiliane auch nur ihrer Mutter am Telefon anvertraut, dass sie ihr Masterstudium in Buenos Aires zu Ende bringen und anschließend gemeinsam mit Eduardo das Familienunternehmen der Martinez' übernehmen wollte. Eduardo, den sie in drei Monaten heiraten wollte und dessen Kind sie in sechs Monaten zur Welt bringen würde. In Buenos Aires.

Gunda hielt kurz inne und ermahnte sich, ruhig zu atmen. Entweder sie sagte es ihm heute – oder nie. Mit kaum merklichem Zittern schenkte sie ihrem Mann Tee in den Becher mit dem Seehund-Aufdruck. Es würde schon gut gehen. Nach dem Grießbrei würde sie es ihm sagen.

Wolfram stützte sich kurz auf den Stiel seines Spatens und betrachtete sein Werk. Das Loch wurde größer, der Erdhügel daneben auch. Etwa die Hälfte hatte er geschafft, Zeit zum Verschnaufen blieb keine. Auch wenn ihm der Durst in der Kehle brannte und die Innenflächen seiner Hände schmerzten. Es wurde minütlich wärmer. Der Schweiß rann ihm über Gesicht und Rücken, sein Puls raste. Jetzt nur nicht nachlassen!

Mit grimmiger Entschlossenheit packte er den Spaten und hieb ihn in die Kuhle vor ihm. Ohne diese verdammte Hitze wäre das alles nie passiert! Ein Geräusch ließ ihn wieder innehalten. Ein Rascheln, oder war es doch ein Murmeln? Und konnte das eben Geschirrklappern gewesen sein?

Leicht panisch umklammerte er den Spatenstiel fester. Nun war es wieder völlig still. Nur die Ruhe, nicht durchdrehen, mahnte er sich. Der Verstand spielte ihm offensichtlich einen Streich. Wie wahrscheinlich war es, an einem so frühen Sonntagmorgen am Radbodsberg Ausflügler zu treffen?

Das Picknick war ein Erfolg, die Hälfte der Brote verzehrt. Robert hatte die Beschaffenheit der sauren Gürkchen auf seinen Sandwiches gelobt – nicht zu weich und nicht zu fest, genau richtig eben – und nur kurz moniert, dass Gunda sich viel zu viel Salz auf die gekochten Eier streute. Aber da er derjenige mit dem Bluthochdruck war, gingen ihm rasch die Argumente aus.

Jetzt hatte er es sich, auf die Ellenbogen gestützt, auf der Decke bequem gemacht und dozierte über eines seiner Lieblingsthemen: Die Schwierigkeit, heute noch gutes Personal zu bekommen im Allgemeinen und die Unfähigkeit seiner einstigen Kollegen im Speziellen. Doch anders als sonst redete er sich nicht in Rage, sondern schien sich vielmehr an der eigenen Überlegenheit zu erfreuen. Gunda atmete tief durch. Dass man ihn vor einem halben Jahr vorzeitig in den

Ruhestand geschickt hatte, war ein harter Schlag gewesen, doch langsam schien Robert sich davon zu erholen. Die Rente tat ihm gut, da war sie sich sicher. Er las jetzt regelmäßig im Programm der Kreisvolkshochschule und hatte sie beide tatsächlich zu einem Imker-Kurs angemeldet.

Jeden Dienstag fuhr er mit dem Rad in die Bibliothek, um sich neue Gartenzeitschriften auszuleihen und mittwochs nahm er am Seniorenschach teil. Beim letzten Nachbarschaftstreffen hatte er mit den anderen Männern am Grill gestanden, ohne dem jungen Dennis aus dem Reihenendhaus die Grillzange zu entreißen oder überhaupt ausfallend zu werden. Und es war wirklich schon eine Weile her, dass er seinen Filzpantoffel nach der Katze der Oldewurtels geworfen hatte. Gunda hatte also allen Grund, Hoffnung zu schöpfen.

Gerade jetzt schien Robert regelrecht nostalgisch zu werden. „Ist es nicht bemerkenswert, dass der Radbodsberg aus einem Ehestreit zwischen zwei Riesen entstanden sein soll?“, fragte er so vergnügt wie rhetorisch. Eine Geschichte, die er schon bei jenem ersten Picknick vor 36 Jahren erzählt hatte – direkt, nachdem er um ihre Hand angehalten hatte – und seither immer wieder.

Beinah gerührt gab Gunda ihm das Stichwort, auf das er wartete. „Wie war das noch gleich mit dem Topf mit Essen? Man hat hier doch tatsächlich mal einen gefunden, nicht wahr, Robert?“ Und beim Gedanken an den Topf mit Grießbrei, mit dem sie ihn gleich überraschen würde, lächelte sie ein bisschen. Es könnte gar nicht besser laufen – die Tickets nach Buenos Aires waren so gut wie gebucht.

Endlich war das Loch groß genug. Wolfram stellte den Spaten ab und rieb sich das schmerzende Kreuz. Er ließ den Blick über den Acker hinter der Anhöhe schweifen und verschwendete einen kurzen Gedanken an den alten Enno

Janssen, der so viele Jahre als Totengräber seine Brötchen verdient hatte. Dann rollte er den großen, schweren Müllsack in die Kuhle hinein und begann ihn mit Erde zu bedecken.

Er war sich jetzt ganz sicher, vorhin Gelächter gehört zu haben. Er war nicht mehr allein hier. Doch er schaufelte jetzt wie in Trance. Was blieb ihm auch für eine Wahl?

Robert zerrte ungeduldig am Reißverschluss auf Kniehöhe seines linken Hosenbeins. Das blöde Ding klemmte! „Warte, ich helfe dir", sprang Gunda ihm zur Seite und machte es gleich darauf nur noch viel schlimmer. Jetzt war der Reißverschluss endgültig hinüber. Es war mittlerweile so schwül, dass er es keine Sekunde länger aushielt in der langen Hose. Und zu allem Überfluss hatten sich schon mehrmals Mücken auf sein bloßes rechtes Bein gesetzt. Es war ein Teufelskreis. Unwirsch fegte er ihre Hand beiseite und riss das linke Hosenbein mit Gewalt ab. „Dass du nicht einmal auf Qualität achten kannst!", herrschte er seine Frau an, wissend, dass sie für die unzureichende Beschaffenheit der Kleidungsstücke am wenigsten konnte. „Reich mir doch bitte das Insektenspray."

Gunda wühlte hektisch in der Tasche. Das Insektenspray! Kalter Schweiß brach ihr aus. Wie hatte sie das vergessen können? Wo Robert doch äußerst allergisch auf Mückenstiche reagierte! Zwar nicht im eigentlichen, aber im übertragenen Sinn, was fast genauso schlimm war.

Unter seinem unerbittlichen Blick kippte sie den Inhalt der Tasche kurzerhand auf der Picknickdecke aus. Gott sei Dank, da purzelte eine kleine gelbe Sprühflasche heraus. Gunda reichte ihm das „Anti-Brumm", vor Erleichterung wurde ihr ganz schwummerig zumute. Katastrophe abgewendet! Bis eben war Roberts Stimmung so gelöst gewesen, wie schon lange nicht mehr – daran musste sie jetzt anknüpfen. Flugs holte sie Schälchen, Löffel und die Dose mit den Erdbeeren hervor und platzierte zu guter Letzt den Topf mit Grießbrei in der Mitte der Picknickdecke, während Robert sich ein Stück weit entfernt großzügig mit dem Spray einnebelte. Als Gunda den Deckel lupfte, dampfte es ein bisschen. Der Brei war noch warm. Robert würde ihn lieben.

Der Müllsack war indessen gut mit Erde bedeckt. Nun galt es, die Kuhle aufzufüllen und mit Blättern und kleinen Ästen zu bedecken. Wolfram horchte auf. Nach dem fröhlichen Gegacker von vorhin war die Stimmung der Ausflügler umgeschlagen. Kein Wunder, wenn man sich sonntags in aller Herrgottsfrühe in der Pampa herumtrieb. Zunächst konnte er nicht hören, worum es bei dem Streit ging, nur dass die Stimmen lauter und ungehaltener wurden. Ein Mann und eine Frau, soviel war klar. Wolfram verdrehte die Augen und glättete jetzt mit dem Spaten die Oberfläche seiner zugeschütteten Grube. Es war immer das Gleiche. Nach anfänglicher Euphorie ging man sich mit den Jahren auf die Nerven – Ausnahmen kannte er keine. Und diese andauernde Hitze trug dazu bei, selbst friedliche Gemüter bei der geringsten Kleinigkeit außer Fassung geraten zu lassen. So war es auch bei ihm und Okka gewesen. Immer weiter hatten sie sich angestachelt – zu guter Letzt war es ein Disput über nicht wieder aufgefüllte Eiswürfelformen gewesen. Wenn heiße Luft auf kalte Luft trifft, entlädt sich das Gewitter, dachte Wolfram und war ein bisschen stolz, dass ihm dieses passende Bild eingefallen war. Die Streithähne da drüben rieben sich jetzt jedenfalls gut hörbar an Nichtigkeiten auf – ausgerechnet Rosinen!

„Ich vertrage keine Rosinen!“, brüllte der Mann. „Und was ist das überhaupt für ein Klumpen von Brei? Das wäre meiner Mutter nicht passiert!“

In die Gewissheit, sich einer Last entledigt zu haben, mischte sich bei Wolfram ein leiser Hauch von Wehmut. Gekocht hatte sie gut, seine Okka.

Der Rabbelsberg und König Radbod

Sagenumwoben ist der Radbodsberg bei Dunum (Samtgemeinde Esens) in der Gemarkung Brill, denn er soll die Begräbnisstätte des heidnischen Friesenkönigs Radbod sein. Radbod herrschte Ende des 7. und Anfang des 8. Jahrhunderts über das zu jener Zeit noch vollständig unabhängige Großfriesische Reich und verstarb 719.

In den Jahren 1898 und 1904 wurde die auch Rabbelsberg genannte Anhöhe – mit einem Durchmesser von 25 bis 30 Metern galt sie als größter urgeschichtlicher Hügel Ostfrieslands – zum Schauplatz von archäologischen Aus-

Mutet durchaus mystisch an: Mitten auf der Anhöhe befindet sich ein Steinquader, in den ein Kreuz und Buchstaben eingemeißelt sind.

grabungen. Dabei wurden unter anderem ein Körpergrab aus der Jungsteinzeit, sechs Urnen- und zehn Brandgräber der Bronze- und Eisenzeit, ein mittelalterliches Pferdegrab sowie einige Findlingsblöcke entdeckt, die zu einer bronzezeitlichen Steinkiste gehören. Vermutlich war ein Sandhügel der Einzelgrabkultur der Steinzeit (zwischen 3000 und 2000 vor Christus) der Ursprung des Radbodsbergs. Da der heute noch beinahe drei Meter hohe Hügel sowohl in der jüngeren Bronzezeit als auch in der frühen Eisenzeit als Bestattungsplatz genutzt wurde, war er somit mehr als 3000 Jahre ein geheiligter Ort. Die Funde sind Bestandteil der Sammlung der „Gesellschaft für bildende Kunst und vaterländischer Altertümer – 1820die Kunst“, auf deren Sammlung der Großteil des Bestandes des Ostfriesischen Landesmuseums Emden zurückgeht.

In den „Ostfriesischen Sagen“ ist der einstige Friesenkönig Radbod mit zwei Überlieferungen vertreten. Die Anhöhe *„soll aus jener Zeit stammen, da weite Moore noch das Land überzogen und Riesen dort ihr Wesen trieben“*, schreibt Wilhelmine Siefkes in „Der Rabbelsberg“. Einer dieser Riesen habe einst nach Schätzen in der Tiefe gegraben und darüber die Essenszeit vergessen, sodass seine Frau ihm das Mittagessen gebracht habe. Weil es ihm aber nicht schmeckte, habe er seiner Frau den Topf hinterhergeworfen und noch eine Riesenschaufel mit Erde hinterher. Die Frau sei ausgewichen und die Erde neben ihr niedergeprasselt – dieser Haufen sei der Rabbelsberg und in ihm habe später König Radbod seine letzte Ruhestätte gefunden.

In „König Radbod“ wiederum heißt es: *„Als die Friesen noch Heiden waren, herrschte über sie der große König Radbod. Damals wollte der Bischof Wulfram das friesische Volk zum Christentum bekehren. Einst führte ihn sein Weg an die See. Da sah er den König Radbod und viele Friesen am Strand stehen und auf das Meer hinausschauen. Auf einer Sandbank aber standen zwei weinende Knaben eng umschlungen, der eine mochte fünf, der andere sieben Jahre alt sein. Sie sollten den Göttern als Opfer dargebracht werden … Schon umwogte das Wasser ihre Knie, da rief der Bischof entsetzt: ‚Was macht ihr da? Opfert nicht die Kinder Göttern, die es nicht gibt! Der wahre Gott will keine Menschenopfer! Lasst sie leben, damit sie ihm dienen können!‘*

Radbods zorniger Blick traf den Mann, der es wagte, die heilige Handlung zu stören. ‚Kann dein Gott mehr als unsere Götter?‘, rief er voll Hohn. ‚Wohlan, so muß er dem Meer gebieten, dann

Diese Keramikterrine wurde bei Grabungen am Radbodsbegr gefunden – sie geht auf die Zeit 700 bis 500 vor Christus zurück.

sollen die Knaben ihm gehören!' Da sank der Bischof nieder und flehte Gott um Hilfe an. Und siehe da: Die Flut stand, die Wellen legten sich, so daß Wulfram hindurchgehen und die Knaben holen konnte. Da staunten alle, und viele ließen von ihren Göttern und wurden Christen. Endlich wollte auch der König den neuen Glauben annehmen und sich taufen lassen. Er hatte bereits den Fuß ins Taufwasser gesetzt, da fragte er: ‚Wo sind denn nun meine Vorfahren, im Himmel oder in der Hölle?'

‚Deine Vorfahren waren Heiden!', sprach der Bischof, ‚so konnten sie nicht in den Himmel kommen!' Da zog König Radbod den Fuß zurück: ‚Dann will ich lieber bei meinen Vätern in der Hölle sein als in eurem Himmel!' Und er blieb ungetauft.“

Sagenhafter Ort: Vor Harlingersiel

Frank Jakobs

Wattmord – Der erste Fall von Uko und Gerke

Die Sonne war längst in der Nordsee versunken und der Mantel der Nacht hatte den kleinen Ort Harlesiel in Dunkelheit gehüllt. Der Himmel war dicht bewölkt. Sterne waren nicht zu sehen. Nur hin und wieder, wenn der Wind die dicken grauen Wolken vor sich hertrieb und dabei ein Loch in diesen trüben Schleier riss, bleckte die gelbe Fratze des Mondes aus den zerfressenen Fetzen herab und schien voller Übelwollen auf diesen eigentlich ganz idyllischen Hafenort zu blicken. Und genau hier war es nun vollbracht.

Er stand vor seinem Schaffen und betrachtete es. Sein Blick war selig. Er musste an Jean-Jacques Rousseau denken: „Der höchste Genuss besteht in der Zufriedenheit mit sich selbst." Und das war er, zufrieden mit sich selbst. Denn vor ihm lag etwas, das einen großen Einfluss auf sein Leben hatte und dessen Einfluss er nun abschütteln konnte. So dachte er zumindest. Doch er sollte sich täuschen. Denn nun würde dieses Etwas sein Leben in eine ganz andere Bahn lenken. Denn es atmete nicht mehr. Quer über den Hals dieses Mannes klaffte eine Wunde wie ein gieriges, entstelltes Maul.

* * *

Es war ein Tag wie jeder andere, das dachte Gerke jedenfalls. Bis Uko vorbeigerauscht kam und erzählte, dass in Harlesiel die Hölle los sei. Jeden Tag trafen sich die beiden in Carolinensiel am Alten Hafen, direkt bei Caroline, die dort in immer derselben Pose mit einem kleinen Segelschiffchen in den Händen den Blick auf den Horizont gerichtet hat. Das war ihr Treffpunkt zum gemütlichen Elführtje. Doch diesmal wohl nicht. „Wat is denn los? Wieso bist du denn so fickerig?“, fragte Gerke seinen Kollegen. „In Harlesiel is alles voll mit Polizei“, antwortete Uko. „Lass uns gleich hin. Ich will wissen, wo de Hark in d' Steel sitt.“ „Hä?“, fragte Gerke verwirrt. „Na, was da los is“, antwortete Uko ganz ungeduldig und scheuchte Gerke zum Aufbruch. „Also kein erholsamer Tag heute“, dachte Gerke und ahnte noch nicht, dass er selbst mit Schuld daran hatte, dass dieser Tag anders ablaufen würde als gedacht.

* * *

Er hatte sich sein Leben lang für die Bedürfnisse anderer stark gemacht. Und er hatte viel erreicht für sein Dorf Harlesiel. So sah er es zumindest selbst. Der Badestrand war sein Verdienst. Mit seinem Geld hatte er auch dem Flughafen Leben eingehaucht. Damit wurde Harlesiel für den Tourismus erst so richtig interessant. Johann Fedder war ein Macher. Doch nicht immer bei allen beliebt. Denn für seine Vision von Harlesiel hatte er immer alles gegeben. Dass es auch Kritiker gab, die gegen einen Flugplatz in ihrem idyllischen Ort waren, das war schnell vergessen. Denn mit einem neuen Luxuswintergarten mit schalldichten Fenstern ließ sich ein Flugplatz auch besser aushalten.

In diesem Fall war das scheinbar unerschöpfliche Vermögen Johann Fedders sehr nützlich. Nützlich war auch, dass der schärfste Kritiker im Dorf, Tado Hinrichs, just in der Woche das Zeitliche segnete, als dieser bisher unbekannte Dokumente veröffentlichen wollte, die beweisen sollten, dass der geplante Windpark vor den Toren des Dorfes mit reichlich Schmiergeld und sonstigen nicht ganz legalen Tricksereien zu seinen Genehmigungen gekommen war. Hauptbeschuldigter: Johann Fedder. Tado Hinrichs war laut Zeitungsbericht an einem Herzinfarkt gestorben. Dass dieser Schlag ein unerwarteter jenes ihm zugeschriebenen, aber dennoch unvorhersehbaren Schicksals war, daran gab es reichlich Zweifel. „Wenn daar man nich de Düvel nahulpen hett", sagten die Leute im Dorf. Und allen war klar, dass mit „Düvel" eben jener Johann Fedder gemeint war, auch wenn es kaum einer ausdrücklich sagte. Doch dieser ließ sich nicht beirren, scharte angesehene Politiker und Geschäftsleute um sich und stieß neue Projekte an.

So wie die Nordsee-Diamanten. Zwei Hotelgebäude, deren ausladende Glasfassaden an überdimensionale Muscheln erinnern sollten, direkt an der Mole von Harlesiel. Investoren gab es bereits. Doch im Gemeinderat fehlten zwei Stimmen, ohne die war das Projekt, das Harlesiel auf das nächste Level im Tourismusmarkt katapultieren sollte, gestorben. Monetäre Anreize halfen nichts. Einige verstanden nur eine Sprache: Gewalt. Dafür hatte Fedder seine Leute, die überaus diskret waren.

So hatte Michael Gruneberg eines Abends Besuch von zwei Männern in Anzügen bekommen, die ihrer Statur nach zu urteilen Türsteher sein mussten. Doch sie waren sehr sanft im Ton, sprachen ruhig und höflich mit Gruneberg. Der servierte ihnen Tee. Dann legten ihm die Männer ein Foto neben seine Teetasse. Auf dem war ein Mann zu sehen, der über eine Stuhllehne gebeugt war. An zwei Fingern waren die Nägel vermutlich mit einer Zange ausgerissen worden. Aus seinem zugeklebten Mund hing an einer Seite ein Froschbein heraus. In seinem Hintern steckte ein Besenstiel. Der Mann musste entsetzliche Qualen erlitten haben.

Gruneberg wurde ganz blass, und bevor er etwas sagen konnte, legten die beiden Schränke im Anzug Fotos von Grunebergs Familie im letzten Urlaub in der Fränkischen Schweiz auf den Tisch. Da verwandelte sich Grunebergs Gesichtsfarbe von Weiß zu Gelb und dann zu Grün. Die beiden Männer packten die Fotos wieder ein, bedankten sich höflich für den Tee und dafür, dass Gruneberg die Nordsee-Diamanten nun doch unterstützen wolle und gingen zur Tür. Danach äußerte er sich nie wieder kritisch gegenüber Johann Fedder und seinen Ideen. Doch es gab auch härtere Nüsse, die sich von zwei Gorillas in Anzügen eher noch dazu angestachelt fühlten, zu ähnlichen Methoden zu greifen. Und so war es für viele kaum verwunderlich, dass Johann Fedder nun selbst Opfer eines Gewaltdeliktes geworden war. Genauer gesagt: Mord. Seine Leiche fanden Spaziergänger westlich des Badestrandes auf einer Salzwiese. Seine Kehle war aufgeschlitzt.

Es gab bereits die ersten Verdächtigen, darunter auch der vormals so unbeirrbare Michael Gruneberg, der offenbar, nach Ansicht der Polizei, von Fedder eingeschüchtert worden sein musste oder vielleicht Schweigegeld kassiert hatte. Hatte es wegen der Summe Streit gegeben, an dessen Ende Fedder mit seinem Leben bezahlen musste?

* * *

Am Nachmittag waren noch immer Polizisten und andere Männer und Frauen in weißen Ganzkörperanzügen am Strand und auf den Salzwiesen von Harlesiel unterwegs und sammelten Beweise. Gerke und Uko hatten sich nah genug zum Tatort vorarbeiten können, um einerseits die Arbeiten der Ermittler nicht zu stören und andererseits alles mitzubekommen. Sie hatten gehört, wie sich eine Frau und ein Mann unterhielten. Uko vermutete, dass das die beiden Boss-Ermittler sein mussten. Es ging um einen Herrn Gruneberg. Den hatte die Frau offenbar ausgefragt. Der habe aber ein Alibi. Sie musste ihn laufen lassen.

Die Ermittlerfrau sagte zum Ermittlermann, dass sie Gruneberg nicht glaube. Sie wolle ihn sich noch mal genauer ansehen. Der Mann wiederum erzählte, dass auch die Frau von Johann Fedder keine Hilfe gewesen sei. Sie hatte zwar ein Motiv, weil ihr Mann sie regelmäßig mit jüngeren Frauen betrog, doch sie war Linkshänderin und zudem wegen eines Rheumaleidens in Armen und Händen auch außerstande, einen Zwei-Zentner-Kerl bei Nacht vor den Deich in die Salzwiesen zu scheuchen und danach ein Messer mit einer solchen Kraft und Präzision zu führen, um Fedder auf die ihnen bekannte Weise hinzumorden.

Die Polizei tappte im Dunkeln, soviel hatten die beiden Kumpels herausgehört. „Dat war bestimmt der Sohn vom alten Hinrichs", sagte Uko und kniff die Augen zusammen. „Der hat das doch nicht verknusen können, dat Fedder hum sien Vadder ofmurkst hett." „Hat er doch auch nicht, is bloß ein Gerücht, nix bewiesen", warf Gerke ein und dachte an sein nächtliches Erlebnis. Uko wollte widersprechen „Ja, aber …" „Ich hab was gesehen", unterbrach ihn Gerke. „Da war einer heute Nacht auf der Mole unterwegs. Der ist dann zum Yachthafen und dort in 'nem Boot verschwunden." „Wieso bist du denn nachts auf der Mole unterwegs?"

Gerke fühlte sich ertappt: „Äh, ich konnt' nicht schlafen und da …" „Da lungerst du an der Mole rum. Aha, interessant", erwiderte Uko und warf seinem Kumpel einen skeptischen Blick zu. „Mann, Uko, was denkst du denn von mir? Ich hab da nicht rumgelungert, ich bin nur 'ne Runde geflogen, um den Kopf frei zu kriegen. Und da hab ich einen gesehen. Hörst du? Gestern Nacht." „Ja, is ja gut", antwortete Uko und dachte laut: „Entweder hat der nur einen Spaziergang gemacht oder …" „Oder was", unterbrach ihn Gerke. „Oder der hat was mit dem Mord zu tun. Der könnte vom Tatort hier ab durchs Watt zur Mole und von da zum Boot."

„Hm", murmelte Gerke argwöhnisch. Uko überkam dagegen ein Hochgefühl, wie es Detektive haben mussten, wenn sie eine heiße Spur fanden. Da kam plötzlich einer in einem weißen Ganzkörperanzug auf die beiden zu. Als er kurz vor Gerke und Uko war, riss er plötzlich seine Arme weit auseinander und untermalte seine Bewegung mit einem Zischlaut: „Kssccccchhhhhhhtt! Haut endlich ab hier." Uko und Gerke taten wie ihnen geheißen und flogen davon. „Ihr Scheiß-Möwen nervt mich schon die ganze Zeit, versauen den ganzen Tatort", rief der Schneemann ihnen hinterher.

* * *

Der Milchkaffee im „Hafenblick" schmeckte hervorragend. Dazu hatte er zum letzten Mal den wunderbaren Ausblick auf den alten Museumshafen von Carolinensiel. Morgen würde er schon wieder in seinem Bett aufwachen und alles ging seinen gewohnten Gang. Niemand würde auf ihn kommen, da war er sich sicher. Schließlich hatte er alles genauestens geplant, bis ins kleinste Detail. Wenn die Polizei überhaupt Spuren finden würde, dann würden sie direkt zu diesem Ökofritzen führen. Zu dem, der neulich Besuch von zwei Fleischklöpsen bekommen hatte. Zunächst hatte er gedacht, dass die drei einen Plan ausheckten. Doch als die Kanten wieder rauskamen und er durchs Wohnzimmerfenster den Öko auf der Couch sitzen sah, wusste er, dass Johann Fedder sie geschickt hatte.

Dann hatte er in seinen sowieso schon fast perfekten Plan, wie er selbst fand, Michael Gruneberg eingebaut. Er hatte Gruneberg ein paar Tage ausgespäht und war – dank Facebook – auch auf viel nützliches Bildmaterial aus dessen Leben gestoßen. So hatte er auch Grunebergs kleines Kajütboot im Yachthafen von Harlesiel entdeckt. Ein sicheres Versteck und gleichzeitig ein guter Ort, um eine falsche Fährte zu legen. Auf dem Boot fand er nämlich ein Fahrtenmesser. Es passte alles perfekt. Auf ihn würden sie nicht kommen. Es gab zwar eine Verbindung zu diesem Arschloch

Fedder, doch die kannte keiner. Nur er. Er war der einzige, der noch übrig war. Und nun hatte er sein Werk vollbracht. Er konnte wieder atmen, sein Leben neu beginnen. Gleich jetzt. Er zahlte, schlenderte die Kaimauer entlang, stieg in seinen Audi Q5 und fuhr los in seine neue Welt ohne Johann Fedder. Es fühlte sich an wie ein Rausch.

* * *

Gerke und Uko hatten sich nach den ganzen aufregenden Ereignissen am Strand erst einmal Dingen gewidmet, die das Gemüt einer Möwe weniger erhitzten. In Carolinensiel hatten sie die Touristen beobachtet, die auf den Terrassen der Cafés am Alten Hafen saßen. Manchmal schnappten sie sich ein paar Krümel, die auf den Boden gefallen waren. Das jedoch verunsicherte zunächst die Café-Besucher, verärgerte sie dann aber, was Gerke und Uko an ihren geräuschvollen Zischlauten erkennen konnten.

Es war ein lustiges Spiel. Plötzlich beunruhigte Gerke irgendetwas, ohne zu wissen, was es war. Bis er einen Mann erblickte, der sich vom Museumshafen wegbewegte. Den Gang kannte er doch. Er flog hinterher und sah noch, wie er in ein dickes Auto stieg und damit schnell wegfuhr. Gerke erkannte genau die vier ineinander verschlungenen Ringe auf dem Hinterteil des Gefährts. Da der Tag mittlerweile schon weit fortgeschritten war, beschlossen Uko und Gerke, sich der üblichen Abendroutine zu widmen und ein paar Mülleimer nach Fressbarem abzusuchen. Danach begaben sie sich zu ihrem Schlafplatz.

Am nächsten Tag flogen die beiden zu dem Boot, das der dunklen Gestalt von der Mole vermutlich als Versteck gedient hatte. Die beiden hatten Glück, denn die Luke, die in das Innere des Bootes mit dem Namen „Mary Lou“ führte, war nicht verschlossen. Es war eine kleine Kabine. Uko und

Gerke hüpften hinein. Und dort lag es, auf dem Boden unter einer Sitzbank. Ein Mensch hätte sich tief bücken müssen, um es zu entdecken. Den beiden Möwen lag es direkt vor dem Schnabel. „Kiek an", sagte Uko, „is dat die Tatwaffe?" „Könnte sein." Uko nahm die Klinge etwas genauer in Augenschein. „Is dat Blood?", fragte er. „Blut? Nimm bloß nix in den Schnabel, Uko", sagte Gerke. Die beiden Möwen waren sich sicher, hier hatte sich der Mörder von Johann Fedder versteckt, doch nun war er fort. „Psst", zischte Uko plötzlich. „Ich glaub, da kommt wer." Schritte waren auf dem Steg zu hören. Sie kamen näher. War das der Täter? Wollte er das Messer holen, das einzige Beweismittel, das ihn überführen konnte? Uko wollte das nicht zulassen. „Geh zur Tür, lenk ihn ab", forderte er Gerke auf. „Ich nehme das Messer mit, bevor der Mörder sich dat wiederholt", sagte Uko und klemmte den Griff des Messers in seinen Schnabel. Dann hüpfte er hinter Gerke her.

Das Messer war schwer. Sie hörten eine tiefe Stimme, ganz nah. „Was ist das denn? Gruneberg, der Trottel, hat sein Boot aufgelassen." „Jetzt", schrie Uko und Gerke flog mit einem Satz fast senkrecht in den Himmel. Der Mann riss erschrocken seine Arme hoch und taumelte zurück. Uko wollte dieses Überraschungsmoment nutzen und dem Mörder von Johann Fedder samt Tatwaffe entkommen. Er sprang hoch, machte einige Flügelschläge und … kam kaum von der Stelle. Das Messer zog ihn wie eine unsichtbare Macht nach unten.

Der Mann hatte sich wieder aufgerafft und holte schon zum Schlag gegen Uko aus. Doch dieser stieß einen furchtbar gellenden Schrei aus. Der Mann wich zurück und Uko entkam. Allerdings ohne die Tatwaffe. Denn die war Uko aus dem Schnabel gefallen. „Verdammte Möwenviecher!", brüllte der Mann den beiden hinterher. Die Möwen wussten, ihr Plan war schiefgegangen. Nun kam der Mörder vermutlich ungestraft davon. Denn von den Boss-Ermittlern vom Tatort gestern war weit und breit nichts zu sehen.

* * *

Es war eine merkwürdige Sache. Der Mann hatte keinen Ausweis bei sich, auch keinen Führerschein. Das Kennzeichen war auf einen anderen Wagen zugelassen. Den Audi hatte er gestohlen. Was er damit vorhatte und woher der Mann kam, das konnte die Polizei ihn nicht mehr fragen, denn er war noch an der Unfallstelle gestorben. Er war vermutlich viel zu schnell gefahren auf der Landstraße, hatte eine Autokolonne überholt, als ihm ein anderes Auto entgegenkam. Der Audi-Fahrer wich nach links aus, das Auto überschlug sich mehrmals, knallte gegen einen Baum und blieb am Ende kopfüber auf einem Feld liegen. Überall waren die Trümmer verstreut. Wie durch ein Wunder war sonst niemand schlimmer verletzt worden. Auch die Fahrzeuge kamen mit kleineren Blechschäden und Kratzern davon.

* * *

Inzwischen war die Polizei im Fall Fedder weitergekommen. Sie hatte die Tatwaffe gefunden, in einem Kajütboot. Ein Mitglied des Yacht-Clubs hatte die Polizei gerufen. Er hatte gesehen, dass das Boot nicht verschlossen war und konnte gerade noch im letzten Moment verhindern, dass eine freche Möwe das Messer wegschleppte und in der Harle versenkte. Das Boot gehörte Michael Gruneberg und das Messer auch. Das Blut von Fedder klebte an der Klinge. Offenbar hatte Gruneberg versucht, die Waffe zu säubern, um Spuren zu verwischen. Allerdings war er sehr nachlässig gewesen, vielleicht, weil er gestört worden war. Die Polizei fand seine Fingerabdrücke auf dem Messer. Aber auch eine DNA-Spur, die sie nicht zuordnen konnte.

Gruneberg verstrickte sich in Widersprüche, als er zu seinem Verhältnis zu Fedder befragt wurde. Für die Tatnacht hatte er aber nach wie vor ein absolut wasserdichtes Alibi. Die Polizei musste ihn laufen lassen. Der Mord an Johann Fedder blieb unaufgeklärt.

* * *

Uko und Gerke saßen am Hafen in Harlesiel und blickten auf die Nordsee. Am Horizont waren dunkelgraue, fast schon schwarze Wolken zu sehen, die sich plötzlich verformten und das Bild eines bedrohlich düsteren Segelschiffes an den Himmel malten, das auf ein gleißendes Licht zufuhr. „Sieht aus wie das schwarze Schiff“, sagte Gerke. „Welches Schiff?“, fragte Uko. „Is so ’ne Legende. Soll die bösen Seelen in die Hölle nach Island bringen.“ „Ach so“, erwiderte Uko, „vielleicht is ja die von Johann Fedder da auch mit drauf“, fuhr er fort. „Bestimmt, und die seines Mörders auch“, sagte Gerke und dachte an den Mann mit den vier Ringen auf seinem Auto.

Uko begriff nicht, was sein Kumpel damit sagen wollte, fragte aber auch nicht weiter nach und sagte stattdessen: „Lass uns noch ein bisschen Urlauber ärgern.“ „Gute Idee“, sagte Gerke. „Da legt gerade ein Schiff ab, da können wir uns bestimmt auf Deck ein paar Butterbrote klauen“, sagte Uko. „Wer als erster einer Urlauberin auf den Kopf macht, hat gewonnen“, rief Gerke. „Abgemacht!“ Und die beiden Möwen flogen los und taten das, was sie am liebsten taten.

* * *

Die Ermittler brauchten Wochen, um die Identität des Mannes herauszufinden, der bei dem Unfall mit dem gestohlenen Audi gestorben war. Der Mann hieß Thomas Neuekamp. Er hatte keine Angehörigen, so sah es zunächst aus. Doch als die Polizei weiter bohrte, kamen Dinge zutage, die wohl niemand erwartet hatte. Neuekamps Mutter war gestorben, als er zwölf Jahre alt gewesen war – Selbstmord. Offenbar hatte sie es nie verkraftet, dass der Vater des Kindes sie hatte sitzen lassen. Als ihr Sohn beim Klauen erwischt wurde und der Polizei auch noch heftigen Widerstand geleistet hatte, war das zu viel für die Mutter gewesen. Sie gab sich die Schuld an allem und verfiel in eine schwere Depression. Sie blieb tagelang im Bett liegen und sagte kein Wort. Thomas kam zu Pflegeeltern, mit denen er nicht klarkam. Nur wenige Wochen später fand man Thomas' Mutter tot auf dem Sofa.

Sie hatte eine Überdosis Schlaftabletten genommen. Der zwölfjährige Thomas verkraftete das alles nur schwer, ließ sich aber nur wenig anmerken. Er wusste, wem er das alles zu verdanken hatte: seinem Vater, den er nie kennengelernt hatte. Er war verheiratet gewesen, Thomas nur das ungewollte Resultat einer kurzen Affäre, von der niemand wissen durfte. Er war ein Arschloch. Unterhalt hatte er nie für seinen Sohn gezahlt, obwohl er reich war. Nicht einmal zur Beerdigung seiner einstigen Geliebten war er gekommen, das Schwein. Der Hass wurde mit den Jahren immer größer.

Bis Thomas irgendwann einen Plan fasste, ein Auto stahl und nach Harlesiel fuhr, um seinen Vater in die Hölle zu schicken, so wie er es verdient hatte. Am Ende hatte Johann Fedder um sein Leben gefleht, Thomas noch Geld angeboten. Es half alles nichts. Letztendlich nicht einmal Thomas selbst. Denn nur wenige Stunden nach seiner grausamen Abrechnung kam auch die seinige – auf einer Landstraße irgendwo an der Nordseeküste.

Justus von Wetter und das Teufelsschiff

Über das Schicksal von Justus von Wetter, der Kanzler der Gräfin Agnes von Bentheim und Steinfurt (1531–1589) gewesen sein soll, die nach dem Tod ihres Mannes Johann II. von 1562 bis 1566 eine Gräfin von Rietberg und Herrin des Harlingerlandes war, existieren mehrere Überlieferungen – sie gleichen sich darin, dass der unliebsame Justus von Wetter bei seinem Ableben vom Teufel geholt worden sein soll.

Die Sage „Das Teufelsschiff" aus der Sagen-Sammlung von Friedrich Sundermann liest sich so: *„Auf den Kanzlern der ostfriesischen Fürsten hat fast immer der Vorwurf geruht, daß sie nicht zu Landes Wohl, sondern zu Landes Wehe ihre Dienste gethan. Keinem von allen aber hat man mit solch wahrer Freude zum Abschiede ‚Fahr wohl!' nachgerufen als dem Kanzler Justus von Wetter. Dieser Wetter war eine wahre Landplage, eine Geißel der Unterthanen. Besonders litten die Stiefkinder des ostfriesischen Fürstenhauses, die Harlländer, unter seinem harten Regiment. Daher es ihnen wie eine Last vom Herzen fiel, als es hieß: der Kanzler hat seine schwarze Seele ausgehaucht. – Man erzählt sich aber den Tod und den Heimgang des Wetter im Harllande wie folgt: In jener Nacht, wo der Kanzler auf seinem Sterbebette lag, erschien der Teufel und forderte die Angehörigen des Sterbenden auf, sich zu entfernen, da er allein das Recht habe, die Seele in Empfang zu nehmen und nach der Hölle zu führen. Als dies geschehen war, drehte der Teufel dem Hülflosen den Nacken um, zog ihm die Seele aus dem Halse und flog damit von dannen, der Küste zu, wo das Höllenschiff zur Abfahrt bereit lag.*

Zum Skulpturenpfad in Esens, der Kunstwerke zur Stadtgeschichte verbindet, gehört eine Darstellung des Justus von Wetter; die Skulptur fertigte Axel Schenker aus dem Wangerland.

Noch wußte kein Mensch im Harllande vom Tode des Wetter, da erschienen früh Morgens im Hafen von Harlingersiel Schiffer von den Inseln Langeoog und Spiekeroog, welche mit verstörtem Angesicht berichteten: Wir lagen zur Nacht auf dem Watt hinter unsern Netzen und fuhren langsam weiter fischend der Küste zu. Gerade wie es zwölf Uhr war, segelte geräuschlos und gespenstisch ein völlig schwarzes Schiff mit allen Segeln, die ebenfalls pechschwarz waren, windeinwärts an uns vorüber. Es war ein wunderliches Leben an Bord und obgleich es finstre Nacht war, sahen wir deutlich die Mannschaft, welche aus vielen hundert Teufeln bestand, an Deck und im Tauwerk wirthschaften. Und hinten am Ruder stand ein Teufel, schrecklicher als alle anderen anzusehen, der hielt in seinen furchtbaren Klauen ein weißes Ding, das sich winselnd hin und her wand und bisweilen, wenn der Satan es kneipte, jammernd aufschrie.

Und wie waren wir erschrocken, als unsere Schiffe zuerst plötzlich zur Seite geworfen wurden und dann wie festgebannt dalagen, und eine schrille Stimme uns zurief: ‚Sagt euren Landsleuten, der Teufel holt diese Nacht den Kanzler fort!' Und dann war das Teufelsschiff plötzlich hinten auf hoher See und ein Hohngelächter klang aus weiter Ferne zu uns herüber. Eilend sind wir da fortgefahren, um von der unheimlichen Stelle zu entkommen. Da war denn ob dieser Nachricht große Freude im Lande und noch heute sagt man: Dem Kanzler sei groß Recht geschehen.“

Dieses Gemälde des Malers Hermann tom Ring von 1564 zeigt Agnes von Bentheim-Steinfurt (1531–1589), sie war die Witwe von Johann II. von Rietberg (um 1523–1562). Nach dem Tod seines Onkels Balthasar von Esens fiel das Harlingerland mit Esens an das Haus Rietberg. 1553 ging das gesamte Erbe der Grafschaft Rietberg mit dem Harlingerland an Johann II. über, der inzwischen mit Agnes von Bentheim-Steinfurt verheiratet war. Johann II., der wie sein Onkel für seine Streitlust bekannt war und deshalb den Beinamen „der tolle Johann" erhielt, residierte zumeist mit seiner Familie in Esens. Agnes klagte nach seinem Tod für sich und ihre Töchter den Erhalt der Rietberger Grafschaft ein. 1581 heiratete ihre Tochter Walburga Graf Enno III. von Ostfriesland.

Sagenhafter Ort: Borkum

Anja Reuter

Küstenschutz

Unter den Immobilienmaklern, die an der Nordseeküste und auf den Ostfriesischen Inseln ihre Geschäfte machten, war Harro Hecht besonders gefürchtet. Er war Anfang dreißig, ein typischer Berliner Gründer, erschien im zwanglosen Shirt, mit lässiger Sprache, äußerst charmant und machte mit seinen auf Hochglanz polierten Immobilienbüros die Küste und die Nordseeinseln unsicher.

Er tauchte überall überraschend auf, zusammen mit seinen zwei Geschäftspartnern. Er hatte eine aggressive Effizienzmaschine erschaffen, mit der er es insbesondere auf ältere Eigentümer abgesehen hatte. Überall im Nordseeraum hatten Hecht und seine beiden Geschäftsführer schon ihr Unwesen getrieben, aber Borkum, die Insel, war von ihnen noch unvermarktet geblieben.

Die ersten Vorboten auf Borkum waren im Sommer die Hecht'schen Wurfzettel in den Briefkästen der älteren Immobilienbesitzer gewesen. In großen Buchstaben stand auf dem Firmenpapier geschrieben: „Lassen Sie den Wert Ihres Hauses begutachten. Kostenlos!"

Borkum war über Jahrhunderte den Veränderungen durch das Meer unterworfen. Die Insel verlagerte sich, wurde geteilt und später durch wachsende Dünen und Vegetation und schließlich dem Deichbau vereint. Teile wurden vom Meer verschluckt und junges Land angespült. Trotz der langen Anreise hatte die Insel für viele Urlauber insbesondere aus dem Ruhrgebiet durch ihre Lage, Größe und die klimatischen Verhältnisse einen besonderen Reiz. Der Tourismus stärkte seit Jahrzehnten maßgeblich die Wirtschaftskraft der Insel.

Mühten sich die Borkumer noch zu früheren Zeiten mit Robbenfang und beschwerlicher Landwirtschaft, brachten Walfang und Handelsschifffahrt ersten Wohlstand. Walknochenzäune erinnern noch heute an diese Zeiten. Für den Reichtum zahlten viele Borkumer Familien aber einen hohen Preis, so war eine größere Zahl der Borkumer Männer für immer auf See geblieben. Die Heimgekehrten hatten mit ihrem hart verdienten Vermögen ansehnliche Wohnhäuser gebaut und investierten in öffentliche Gebäude, die bis heute von den zahlreichen Feriengästen bestaunt werden.

Mit dem Fremdenverkehr wurde es viel gefahrloser und auch gewinnbringender, vom Hochseeklima und der Seebad-Atmosphäre zu leben. So entwickelte sich hier, wie auch auf den anderen Nordseeinseln, der Tourismus zur Hauptexistenzquelle. Der Aufstieg vom Fischerdorf zum Seebad verlief rasant und ging nicht spurlos an der Insel vorüber. Das Anfängliche verschwand vielerorts, alte Häuser wurden abgerissen und durch moderne Bauten ersetzt.

Viele der ortsansässigen Hoteliers, Vertreter der Fährgesellschaft und einige Inselpolitiker, allen voran der Bürgermeister, reisten jährlich zur Internationalen Tourismusbörse nach Berlin, um dort ihre schöne und zu jeder Jahreszeit sehenswerte Insel zu präsentieren und so für Werbung und Besucher zu sorgen. Von ihrer Reise brachten sie neben neuen Eindrücken und der Hektik aus der Großstadt auch allerlei neue Ideen und Marketingstrategien mit auf die Insel. Der Wohlstand auf Borkum und die gute wirtschaftliche und geografische Lage blieben über die Jahrzehnte auch Investoren und der Immobilienbranche nicht verborgen.

Harro Hecht und seine Angestellten bereiteten ihren Raubzug zum Herbst vor, nach der Haupturlaubszeit. Genau dann, wenn alle Insulaner die Ruhe nach der Saison genossen. Ohne die Touristen wirkte so manche sonst als Ferienwohnung genutzte Immobilie altmodisch und in die

Jahre gekommen. Eine lange anstehende und dringend nötige Renovierung schien jetzt unausweichlich, aber für manch älteren Besitzer nicht mehr zu bewältigen. So standen in vielen Unterkünften noch die Kiefernbetten vergangener Jahrzehnte und so manchen Wohnzimmerboden zierte noch eine mittlerweile etwas struppig anmutende dunkelbraune oder dunkelgrüne Auslegeware.

Das wusste Harro Hecht, und eine bessere Gelegenheit glaubte er nicht zu finden, um auf Borkum an die besten Grundstücke zu kommen. Er kannte die Insel Borkum ganz genau. Er wusste um die Grundstücke in „Bestlage" direkt am Wasser und die genauen Besitzverhältnisse. Zugleich kannte er den Charakter der Borkumer und ihren Stolz.

Harro war, bevor er in die Immobilienbranche eingestiegen war, selbst einmal für einige Zeit auf der Insel gewesen. Er hatte hier die größte Enttäuschung und Demütigung seines Lebens erleben müssen. Mit seinem Kumpel Klaas war er damals auf die Insel gekommen und hatte die junge und hübsche Borkumerin Eske kennengelernt. Doch all sein Werben war vergebens bei der bodenständigen Insulanerin, die seine Flausen genauso durchschaute wie seine beruflichen Ambitionen.

Eske hatte ihn schließlich abgewiesen und war, als Harro längst schon die Insel verlassen hatte, die Frau seines Freundes Klaas geworden, der nun als jüngster Hotelier von Borkum eine gute Figur machte.

Da Harro nach dieser Geschichte auf der Insel nicht mehr bleiben mochte und auch nicht Fuß fassen konnte, ging er als Immobilienvermittler zunächst nach Berlin und galt ein paar Jahre später als ein bundesweit gefürchteter Immobilienhai. Insgeheim hatte er sich Jahre lang darauf vorbereitet, Eske und den Borkumern das Liebste wegzunehmen, das sie hatten: ihre Insel, und damit ihren Grund und Boden. So wie er es auf Borkum auch erlebt hatte, als Klaas ihm

Eske weggenommen hatte. Und nun war der Zeitpunkt seiner Rache gekommen. Seine Taktik war ausgefeilt und hatte sich andernorts schon oft bewährt. Enttäuschte Liebe befeuerte den erfahrenen Immobilienmann Harro mit zusätzlicher Energie.

Als die ersten Anzeigen von Harro Hecht an einem Herbstmorgen in der Borkumer Zeitung zu lesen waren, gingen die Borkumer noch fleißig ihrem Tagewerk nach und machten die Insel winterfest. Dann tauchten großformatige Plakate auf der Insel auf. Eine sympathische, ältere Frau, die schon einige Fältchen um die Augen hatte, fragte dort lächelnd: „Wissen Sie eigentlich, was Ihre Immobilie heute wert ist?" Die ersten Insulaner begriffen nach und nach die Situation. Offensichtlich setzte der neue Makler berechnend auf eine bestimmte Zielgruppe und warb offensiv um die Senioren.

Je schneller Interessenten kontaktiert wurden, um einen Termin vor Ort zu vereinbaren, desto wahrscheinlicher war es, dass sie auch einen Verkauf abschlossen. Das wusste Harro und hatte damit buchstäblich den Fuß in der Tür. Der Makler wollte an die Häuser und Grundstücke der Alten ran, weil der Immobilienmarkt nach Jahren des Booms sonst kaum noch etwas hergab. Die Information breitete sich wie eine Welle unter den Einheimischen aus.

Die Eltern von Eske waren unter den Ersten, die ihre Immobilie schätzen lassen wollten. Auch wenn sie es sich nicht leicht gemacht hatten mit diesem ersten Schritt, den Makler einzuladen, das Haus begutachten zu lassen und einen Preis zu erfahren.

Vor dem Maklerbüro wehte die Fahne mit der Aufschrift „Hecht Immobilien". Gerade eben war Eske mit dem Rad daran vorbeigefahren und brauchte einige Hundert Meter, um die Szene zu begreifen. Die junge Frau, die mittlerweile vom Rad abgestiegen war und nun sehr blass, bis fast zur

Erstarrung, in der Nähe ihres Elternhauses stand, ließ rat- und hilflos den Blick schweifen.

Sie wusste ganz genau, was geschehen würde, wenn Harro Hecht mit seinen Geschäftspartnern die Insel eroberte, und was mit dem schönen und traditionsreichen Borkum passieren würde. Sie war froh, dass ihr Mann Klaas gerade auf dem Festland zu tun hatte. Sie erinnerte sich nicht gerne daran, wie die beiden Männer vor Jahren um sie gebuhlt hatten und ihre Männerfreundschaft daran zerbrochen war. Sie mochte auch gar nicht daran denken, was geschehen würde, wenn sie jetzt wieder aufeinandertreffen würden. Sie brauchte eine Idee, besser noch einen Plan, um Schlimmeres zu verhindern.

Eske rief die jungen Einheimischen zusammen, um sich mit ihnen zu beraten und ihre Befürchtungen zu teilen. Die anderen erkannten nach einigen Diskussionen schnell die prekäre Lage. Kaum einer hatte vor, auf das Festland zu fliehen und den eigenen Grund und Boden kampflos dem skrupellosen Makler zu überlassen.

Die Gruppe erkannte die Bedrohung für die Insel und ihre Häuser. Doch sie mussten nicht lange überlegen. Viele junge Insulaner hasteten zu den Alteingesessenen, um sie zu warnen und die Grundstücke vor Wertanlegern und Einheitsfassaden für betuchte Großstädter zu bewahren. Nur wenige wollten aufgeben, die Insel für immer verlassen und auf das Festland gehen.

In den Kneipen und im Heimatverein gab es kein anderes Thema mehr. Die Insulaner schlossen sich zusammen und sorgten für den jeweils aktuellen Kenntnisstand. Die Aktion verwandelte die jungen Insulaner in eine handfeste Kompanie, die Eske im Nu anführte: Sie nutzten die Borkumer Zeitung, aber auch das Internet und Facebook, um vor den Machenschaften des Immobilienhais zu warnen. Bald war eine regelrechte Rufmordkampagne im Gange, die immer größere Ausmaße annahm und sogar das Festland erreichte. Durch das Internet jagte ein Shitstorm und eine Welle der Entrüstung folgte.

Harro Hecht konnte sich mit der Zeit auf der Insel kaum noch blicken lassen. Er wurde weder im Restaurant bedient, noch konnte er Lebensnotwendiges im Supermarkt besorgen, ein Feierabendbier in der Kneipe bekam er schon gar nicht. Die kleine Inselgemeinschaft schnitt ihn, wo es nur ging und behandelte ihn wie Luft.

Und doch schlugen Hecht und seine Mitarbeiter beim Handel mit den Immobilien immer wieder erfolgreich zu, weil Hecht Borkum zu seinem neuen Vorzeigeprojekt machen wollte und viel Energie investierte.

Zeitgleich zu diesen Ereignissen war auch schon einer der jungen Geschäftspartner von Immobilien Hecht auf dem Weg zu den Eltern von Eske. „Das wird eine meiner leichtesten Übungen“, dachte er, als er das Grundstück erreichte. Er war Profi und ein flüchtiger Blick auf Haus und Vorgarten bestätigte seinen ersten Eindruck.

Er wurde bereits vom Ehepaar Akkermann in dem idyllischen Insulanerhaus mit dem ruhigen, zur Seeseite gelegenen Garten und dem direkten Blick auf die Seehundbank und das offene Meer erwartet. Frau Akkermann bat ihn herein, blieb aber kurz im Weg stehen, als sei sie nicht ganz überzeugt von der Einladung, die sie vor Kurzem ausgesprochen hatte.

Beim Rundgang durch das Haus ging der Makler zielstrebig voraus, das Paar folgte ihm mit etwas Abstand. Auf der Terrasse blieben die drei stehen. „Uns wird es zu viel“, sagte Eskes Mutter. „Mein Mann und ich sind nach der Saison sehr müde, die Treppen werden zum täglichen Hindernis. Wir möchten in eine altersgerechte Wohnung ziehen, solange wir das noch können. Obwohl wir uns in der gewohnten Umgebung und auf der Insel gut aufgehoben gefühlt haben.“

Der Makler witterte die Chance. Es ging zurück ins Haus und das Paar und der Makler schauten sich gemeinsam noch alle Räumlichkeiten der anliegenden Pension an.

Am Esstisch der Familie kam die ungewöhnliche Konstellation später ins Gespräch. Frau Akkermann ergriff erneut das Wort und erzählte, wie die Idee in ihr gereift sei, das Haus zu verkaufen. „Vor einiger Zeit“, sagte sie, „war da dieser Zettel in unserem Briefkasten: mit der Überschrift ‚Was ist Ihre Immobilie wert?' … und … ‚Lassen Sie den Wert Ihres Hauses begutachten. Kostenlos!' Es hat uns danach einige Überwindung und manche schlaflose Nacht gekostet, aber jetzt wollen wir das Haus verkaufen, auch wenn unsere Tochter das nicht gerne sieht!“

Der junge Makler griff zu einer beachtlichen Hochglanzmappe mit Unterlagen, auf der das Logo seines Arbeitgebers Harro Hecht prangte. „Man sollte früh genug anfangen, sich darüber Gedanken zu machen“, sagte er und begann das Verkaufsgespräch.

Eske wusste, dass es ihre Eltern beschäftigte, wie es im Alter mit ihnen weitergehen sollte. Alt werden auf der Insel war nicht so einfach: der große Garten und die Frühstückspension, der Stress in der Hauptsaison, die Treppen als tägliches Hindernis und so weiter. Über ihre Nachfolge hatten sie auch noch nie richtig gesprochen, aber doch überraschte es sie, dass ihre Eltern beim Termin mit dem Makler geblieben waren.

Tage später waren die beiden Angestellten der Hecht Immobilien gerade mit Büroarbeiten beschäftigt, als sich aus Richtung der Dünen eine Menschentraube auf die Geschäftsstelle zubewegte. Diese war mittlerweile von außen mit Parolen beschmiert und ein großer Hai in roter Farbe mit spitzen Zähnen zierte nun das Schaufenster. Hechts Angestellte erkannten schnell die Situation und rückten hinter der Lackfläche des Eingangstresens dicht zusammen.

Mit Trillerpfeifen, Farbbomben und Steinen ausgerüstet, brachten sich die jungen Borkumer, noch ehe die Büroleute die Segel streichen konnten, vor dem Laden in Stellung. Die erste Farbbombe flog und traf das Firmenschild an der Gebäudewand. Erste Steine sausten hinterher und landeten krachend in einer der Fensterscheiben. Ein Hochdruckreiniger wurde auf die Eingangstür gerichtet, Glas zerbarst und das Wasser strömte über das polierte Nussbaumparkett. Unvorbereitet und ohne den Angriff erwidern zu können, liefen die beiden Angestellten kopflos und aufgelöst durcheinander und wählten die Nummer ihres Chefs.

Auf diese Art Widerstand waren die jungen Männer nicht vorbereitet. Eine weitere Farbbombe wurde abgefeuert und zerschlug die Glastür des Büros. Aus dem Smartphone trieb Harro Hechts Stimme die beiden Männer cholerisch zur Gegenwehr an. Da die Räumlichkeiten mittlerweile praktisch völlig zerstört waren und nicht mehr zu retten schienen, rafften die beiden Mitarbeiter noch schnell die letzten Aktenordner und ihre Habseligkeiten zusammen. Keiner der beiden hörte noch auf die Smartphone-Stimme von Harro Hecht. Fluchtartig verließen sie das Gebäude stattdessen mit den Aktenordnern und rannten Richtung Fähranleger.

Mittlerweile war auch Harro Hecht an seiner zerstörten Geschäftsstelle angekommen und schrie zu der Meute herüber: „Okay, ihr habt es geschafft und meine Existenz hier auf der Insel zerstört. Bevor ihr mich auch noch umbringt, sagt mir, was eure weiteren Forderungen sind und lasst mich zurück ans Festland!"

Die Gruppe überlegte, dann forderte sie, dass er alle Verträge rückabwickeln und anderntags in aller Frühe mit dem ersten Schiff die Insel gen Emden verlassen sollte. Harro fügte sich und machte noch am selben Tag fast alle Kaufverträge rückgängig. Ein paar Borkumern war dies jedoch nicht genug und so kamen sie noch einmal zurück und legten in der Dämmerung Feuer in den verwüsteten Geschäftsräumen und bald schon schlugen die Flammen zum Himmel.

Der Wind war im Laufe des Abends immer mehr aufgefrischt und die Insel wirkte menschenleer. Große graue Wolken türmten sich auf und der Regen stand gegen die Insel. Sturm zog auf und reihte haushohes Wasser zu Wellen auf. Was vom Sommer und den Touristen noch übrig geblieben war, flog nun durch das historische Inselzentrum. Sand fegte über die Insel. Einzig Eske war noch unterwegs, als die dunklen Sturmwolken bereits über der Insel lagen.

Der Wind flog durch ihre Jacke, als wäre sie unbekleidet, mit Sand vermischt, wie tausend kleine Nadeln. Sie konnte kaum aus den Augen sehen, die Kapuze tief in die Stirn gezogen, blieb nur ein kleiner Sehschlitz. Gegen den Wind gestemmt, erreichte sie das im Dunkeln liegende Haus ihrer Kindheit, in das Harro sie noch an diesem letzten Abend bestellt hatte. Denn hatte er auch vieles abgewickelt und rückgängig gemacht: Auf dem Vertrag mit ihren Eltern beharrte Harro und war nicht bereit, davon Abstand zu nehmen. Sie waren für einige Tage auf dem Festland und Harro hatte sich einen Nachschlüssel anfertigen lassen.

Er fühlte sich stark und trat auch so auf, als sie das Elternhaus endlich erreicht hatte. Eske fühlte sich in die Enge getrieben und ihm ausgeliefert, aber sie konnte das Haus nicht verlassen, ohne es wieder in Familienhand zu wissen.

An der Küste herrschte unterdessen Ausnahmezustand. Flutwellen und die entlang des Ufers von Nord nach Süd ziehenden Strömungen verursachten erste Abbrüche an der Insel. Die Sturmflut nagte mittlerweile schon erheblich an der Küste. An einigen Stellen waren schützende Steine und Sand weggespült und tiefere Erdschichten freigelegt worden. Auch Vegetation, darunter etliche Bäume, hatte das Meer verschluckt. Da brauste der Sturm im Dunkel der Nacht nur noch stärker auf.

Am anderen Morgen war das Unwetter vorüber und es herrschte Totenstille. Ein Schild stand auf dem Weg zum Haus der Akkermanns. Darauf in roten Buchstaben: „Betreten verboten!".

Bei dem, was das Meer und der Sturm vom Haus noch übrig gelassen hatten, bestand Einsturzgefahr. Das Gelände rund um das Haus war mit rot-weißen Bändern abgesperrt wie ein Tatort. Der Sturm und das Meer hatten in Gemeinschaftsarbeit die ehemals so gemütliche Frühstückspension unterspült.

Für den neuen Eigentümer war das Haus damit zu einer wertlosen abbruchreifen Immobilie verkommen und ein Großteil des Grundstücks hatte sich das Meer zurückgeholt. Aber auch für ihn selber gab es keinen Rettungsanker. Während der laufenden Sicherungsmaßnahmen am nächsten Morgen wurde die Leiche von Harro Hecht gefunden, begraben unter Holzbalken, Mauerresten und Sand. Was in der Nacht noch geschehen war, als Eske sich dort mit ihm traf, sollte für immer ihr Geheimnis bleiben.

Dafür hatte die Sturmflut gesorgt. Aber es war nicht zuerst ein Balken des Hauses gewesen, der den Kopf des Hechtes traf. Erst später schlugen die Hauswände über ihm zusammen und die Tiefe verschlang Harro Hecht und grub ihm ein fürstliches Immobiliengrab. Haus und Grundstück waren für immer verloren. Eskes Eltern hatten mit ihrem Verkauf das einzig Richtige zur rechten Zeit getan. Der Vertrag war gültig geblieben und musste ausgezahlt werden. Und der Sturm hatte auf seine Art für ganz besonderen Küstenschutz gesorgt.

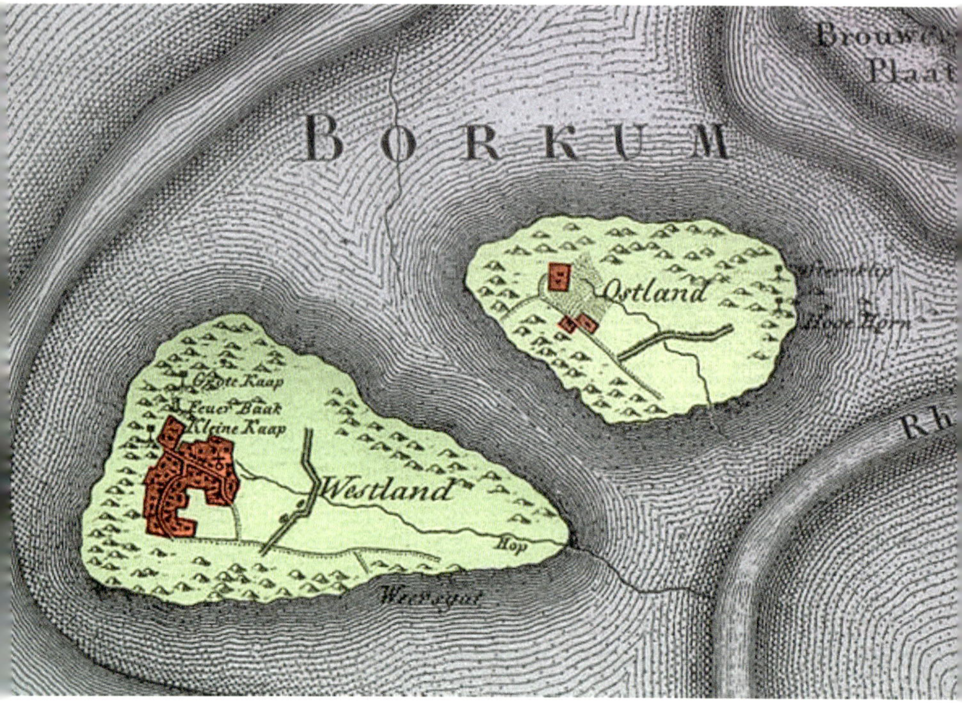

Der schwarze Roelf

Zu Zeiten der Seeräuber und des Walfangs soll Ostfriesland einen gefürchteten Seefahrer erlebt haben, der „Schwarzer Roelf" (plattdeutsch: „Swarte Roelf") genannt wurde. Man sagte ihm nach, unsterblich zu sein und glaubte außerdem, dass ihn geheimnisvolle Kräfte unbesiegbar machten. Wo immer sein Segel auftauchte, soll er die Menschen in Angst und Schrecken versetzt haben – auch tauchte er mit Schiff und Mannschaft ebenso unvermutet auf, wie er hernach wieder verschwand. Eines Tages machte er dann auch räuberischen Kurs auf Borkum, denn die meisten Insulaner

Vom Meer bewegt und vom Wind umtost: Sturmfluten haben Borkum in vergangenen Jahrhunderten in West- und Ostland geteilt.

waren als Walfänger über Monate in Grönland unterwegs und die Borkumer Frauen ihm wohl schutzlos ausgeliefert. Die Überlieferung vom „Schwarzen Roelf" liest sich wie folgt: *„Von jeher ist die See ein Tummelplatz für wilde und wüste Gesellen gewesen, und Likedeelers und Watergeusen sind heute noch allgemein bekannte Namen von gefürchteten Seeräuberbanden, deren Gedächtniß so bald nicht verschwinden wird. Vor einigen hundert Jahren trieb auf der Nordsee sein Unwesen der schwarze Roelf. Von dem ging die Sage, er sei geboren worden, und könne deshalb auch nie sterben. So hatte er auch keinen Kampf zu fürchten, und nahm tollkühn es mit Allen auf, die ihm der Zufall in seinen Horizont führte. Allen Küsten, allen Inseln hatte er bereits seinen Besuch abgestattet, nur auf der Insel Borkum war er nicht gesehen worden. Es war im Frühjahr, und die Borkumer Mannsleute hatten ihr Eiland verlassen, um auf holländischen Schiffen ihr Brod zu verdienen. Der schwarze Roelf wusste dies, und projectirte den heimgebliebenen Frauensleuten einen Besuch. Bald lag sein Schiff, die rothe Fahne, das Seeräuberzeichen, hoch im Topp führend, an den Dünen vor Anker. Die Flagge sehen, und sofort Allarm schlagen, war für eine in den Dünen Eier suchende junge Schifferfrau das Werk einer Viertelstunde. Die Frauen eilten zusammen, hielten schleunigst Kriegsrath und beschlossen, sich ihrer Haut zu wehren.*

Um den schwarzen Roelf zu täuschen, legten sie Männerkleidung an und bewaffneten sich. Danach schleppten sie eine alte

Schiffskanone an den Strand und kaum war dieselbe dem Schiff gegenüber postirt, da sauste schon die erste fünfpfundige Kugel durch die Luft dahin. – ‚Gut gezielt, ihr Weiber, des Piratenschiffs Hauptmast ist getroffen und geht über Bord! Noch eine Kugel, noch eine und jede trifft sicher!' – Nicht lange dauert es, da erscheint die weiße Flagge im Topp. Man verspricht den Seeräubern das Leben, wenn sie einzeln und ohne Waffen an Land kommen wollen. Dies geschieht und Alle werden geknebelt in den Thurm gebracht. Das Raubschiff wird angezündet und brennt bis zum Meeresspiegel ab. Aber ein unzeitiges Mitleid ist die Ursache, daß die Gefangenen während der Nacht entrinnen. Die Tochter des schwarzen Roelf, welche inmitten der Bande sich befand, bat um Schonung, und ihr wurde dieselbe gewährt, da sie wie ein sanftes, zartes Fräulein auftrat. Sie löste dafür zur Nacht die Bande der Gefesselten und Alle entflohen. Das Boot aber, welches sie aufnahm, war nicht geräumig genug für so Viele, schlug um und Alle ertranken in den Wellen".

Übrigens: Der Schwarze Roelf soll einst selbst Walfänger gewesen und von einer Borkumerin abgewiesen worden sein, weswegen er sich nach den Wirren einer Seeschlacht den sogenannten „Liekedeelern" anschloss – also jenen Piraten, die ihre Beute zu „gleichen Teilen" untereinander aufteilten. Der Heimatdichter und Schulrektor Georg Ruseler (1866–1920) hat 1904 den mutigen Insulanerinnen – und insbesondere ihrer Anführerin – das Gedicht „Frauke von Borkum" gewidmet. Hier die ersten beiden Strophen:

Am Fockmast lehnt der Schwarze Rolf.
Nordwest im Nacken, juchhe!
Sauste sein Schiff „Der fressende Wolf",
Hui, durch die friesische See.
Terschelling vorbei und Schiermonnikoog,
Vorüber es keck an Rottum flog,
Im Topp die rote Fahne.

Drängte die wilde Meute herbei:
„Sag' an, Kapitän, was du denkst,
Ob heute du Hamburger Türme drei
Oder Bremer Schlüssel fängst?"
„Was Schiffe! Der Lüder hat Kunde gebracht,
Wir schlafen alle noch zur Nacht
Auf Borkum in weichen Betten.

Ein Stück Borkumer Seefahrtsgeschichte: Der Walknochenzaun am ehemaligen Grundstück des Walfangkommandeurs Roelof Gerrits Meyer – gleich gegenüber vom Alten Leuchtturm.

Die Autoren

Silke Arends ist Journalistin (Ostfriesland Magazin) und Autorin. Neben „Ostfrisica" hat sie auch „Literarisches" und „Kindgerechtes" veröffentlicht – zum Beispiel das Kinderbuch für alle Lebensalter „Klabautermann und die verschwundenen Kapitänslöffel". Ebenso finden sich ihre Geschichten in der von der Stiftung Lesung ausgezeichneten Kinderzeitschrift „Gecko" – und werden sogar in China gelesen! Dass sie sich dem Genre „Kriminalistisches" widmet, hat mit der Faszination Mensch zu tun. Weitere Publikationen, die Meer und Mensch im Fokus haben, sind: „Das Seenotretterkochbuch", „Das Nordseefischerkochbuch", „Das Ostseefischerkochbuch" sowie Reiseführer zu den Ostfriesischen Inseln und Usedom (alle Koehlers Verlagsgesellschaft, Hamburg). Mehr unter: www.ilsebill-verlag.de

Lübbert R. Haneborger, geboren 1970 in Aurich, studierte Germanistik, Kunst und Soziologie in Oldenburg. Ende 2004 promovierte er mit einer kulturwissenschaftlichen Forschungsarbeit zur Entstehung und Entwicklung der Bildform des Berner Hyperrealisten Franz Gertsch. Neben seiner Tätigkeit als freier Journalist für das Ostfriesland Magazin ist er als Sachbuch- und Krimiautor für Erwachsene und Kinder aktiv. Zuletzt erschienen: „Das Schlosspark-Geheimnis" (Deutscher Gartenbuchpreis 2014; für Kinder) und „Echte Oldersumer I und II. Die diebischen Werftarbeiter Joke & Harm ermitteln" (Taschenbuch, 2015 und 2018, Hörbuch, gelesen von Siemen Rühaak, 2017; für Erwachsene). Mehr unter: www.leocardiounddomec.de und www.facebook.com/pages/Echte-Oldersumer

Frank Jakobs ist ein echter Ostfriese. Er wurde in Norden geboren und ist dort auch zur Schule gegangen. Plattdeutsch ist seine Muttersprache. Nach dem Studium in Würzburg zog es ihn zurück nach Ostfriesland. Dort arbeitet er als Radio-Reporter und Moderator für den NDR und Radio Bremen. Regelmäßig erzählt er auf seine eigene Art Alltagsgeschichten in der bekannten plattdeutschen NDR-Reihe „Hör mal 'n beten to". Der Familienvater lebt auf dem Land in einem alten Bauernhaus, natürlich in Ostfriesland. Denn da verstehen ihn die meisten Leute, sagt er, und der Tee schmeckt dort auch am besten.

Kai Kurgan, geboren als **Kai-Uwe Hanken** 1971 im Rheiderland, erkundet gern die Schattenseiten des Friesenlandes. Er schreibt bevorzugt schwarze Geschichten, die an der Küste angesiedelt sind. Die Erlebnis-Lesungen von Kai Kurgan finden oft in alten Gemäuern wie Kirchen, Gulfhöfen und Steinhäusern statt und entfalten dort eine düstere Wirkung. Kai Kurgan liest, spricht und spielt seine Erzählungen, zum Teil unterlegt von dramatischen Ton- und Lichteffekten. Stimm- und sturmgewaltig geht es auch in seinen Hörbüchern „Lamberts Traum" (2011) und „Fangfahrt" (2015) zu. Außerdem ist er in diversen Anthologien vertreten und hat unter anderem die Bücher „Dollartgold" und „Schauerwellen und Schattenseiten" verfasst. Mehr unter: www.kaikurgan.de oder www.facebook.com/KaiKurgan

Usch Luhn wurde in einem Dorf in Österreich geboren. Später zog sie nach Berlin, studierte an der Freien Universität Berlin Kommunikationswissenschaften und arbeitete einige Jahre beim Radio und Kinderfernsehen. Schließlich fing sie an, längere Geschichten zu schreiben und machte eine weitere Ausbildung zur Drehbuchautorin. Seitdem arbeitet sie auch für den Film und unterrichtet an einer Filmschule. Wenn sie nicht durch die Weltgeschichte reist und aus ihren Büchern vorliest, wohnt sie in Berlin und Ostfriesland. Viele ihrer Bücher wurden in andere Sprachen übersetzt.

Jutta Oltmanns wurde 1964 geboren und wuchs in Ostfriesland auf. Aus der Leidenschaft für das Lesen und der Faszination für die ostfriesische Geschichte entstand der Wunsch, schriftstellerisch tätig zu werden. Seither hat sie mehrere historische Romane sowie Kurzgeschichten, Lyrik und Liedertexte veröffentlicht. Für ihre Erzählung „Swartbunt hett dusend Klören" erhielt sie 2015 den Johann-Friedrich-Dirks-Preis; 2016 bekam sie neben dem Niederländer Are Meijer den Freudenthal-Preis. Mit ihrer Kurzgeschichte „Die zwölfte Nonne" gewann die Autorin den bundesweiten Schreibwettbewerb „Sola Scriptura 2017" zur Feier des 500-jährigen Reformationsjubiläums des ev. Kirchenkreises Wittenberg. Jutta Oltmanns lebt in Warsingsfehn, hat zwei Söhne und arbeitet hauptberuflich bei der Bundesanstalt für Verwaltungsdienstleistungen in Aurich. Mehr unter: www.jutta-oltmanns.de

Anna Sophie Pijl wurde 1987 in Wilhelmshaven geboren und lebt mit ihrer Familie und einigen Kühen in Jever. Aufgewachsen ist sie in einem Haus voller Bücher und Zeitschriften – die Liebe zum gedruckten Wort kommt also nicht von ungefähr. In Oldenburg und Groningen hat sie niederländische Literatur und materielle Kultur studiert. Seit Juli 2014 arbeitet sie als Redakteurin beim Ostfriesland Magazin. Ihre Reportagen sind mehrfach mit Journalistenpreisen ausgezeichnet worden.

Anja Reuter, geboren und aufgewachsen in Fischtown Bremerhaven, wagte nach dem Abitur den Blick über den Tellerrand und zog ins Schwabenländle. Dort studierte sie in Nürtingen Kunsttherapie und lernte nebenbei, wie man Käs'spätzle macht und Schwäbisch schwätzt. Nach dem Diplom ging es in die bayerische Provinz. Hier musste sie erkennen, dass „bei der Kirche" und „im Biergarten" vage Ortsangaben sind. Es zog sie wieder in den Norden und seit 2012 nennt sie Ostfriesland ihre Heimat. Wenn sie sich nicht künstlerisch mit Pinsel und Farbe ausdrückt, verpackt sie ihre Gedanken auch gerne in Worte.

Hans-Erich Viet, 1953 am Dollart geboren, lebt dort und in Berlin. Er ist Regisseur, Autor und Produzent. Er begann als Chemielaborant in Leer, arbeitete im sozialen Bereich in England und Irland und studierte – nach Zwischenstopps als Waldarbeiter, LKW-Fahrer und Weihnachtsmann – Politische Wissenschaften, Philosophie und Kunstsoziologie. Nach seinem Diplom als Politologe studierte er an der Deutschen Film- und Fernsehakademie Berlin (dffb). Seit 2006 war er Professor für Spielfilm an der Internationalen Filmschule (ifs) in Köln. Mit „Schnaps im Wasserkessel" und „Karniggels" (als Co-Regie mit Detlev Buck) begann seine filmische Arbeit. Viet dreht Dokumentarfilme und Spielfilme fürs Fernsehen, einige waren im Kino zu sehen. Der Rheiderländer erhielt diverse Preise, u.a. den Grimme-Preis, eine Grimme-Preis-Nominierung, die Bundesfilmpreis-Nominierung, den Ministerpräsidentenpreis beim Max-Ophüls-Festival und zweimal den Filmpreis des Deutschen Gewerkschaftsbundes. Viet ist Mitglied der Deutschen Filmakademie, spricht lieber Plattdeutsch als Hochdeutsch, kocht gerne, mag Katzen, Motorräder und alte Segelboote.